우리말 동시 사전

우리말 동시 사전

최종규 글 사름벼리 그림

마음을 움직이고
그리고 가꾸고 짓다

스토리닷

"우리말 동시 사전"이란 이름이 낯설 수 있어요. 아마 이런 이름은 처음 듣겠지요? '우리말'로 '동시'를 쓴 '사전'이란 뜻입니다.

그러면 궁금해 할 수 있어요. 우리말로 안 쓴 동시가 있을까요? 네, 그럼요. 겉으로는 '한글'로 적은 동시이지만, 속으로는 우리말이 아닌 동시가 무척 많아요.

글씨를 가리키는 이름인 '한글'이고, 글씨에 담는 생각과 마음과 이야기를 가리키는 이름인 '우리말'입니다. 그래서 이 책이자 사전, "우리말 동시 사전"은, 무늬만 한글인 동시가 아니라, 속으로도 우리 생각과 마음과 이야기란 무엇인가를 처음부터 새롭게 들여다보면서 즐겁게 가꾸자는 뜻으로 펴는 동시라고 할 수 있어요. 이러면서 동시로 그치지 않고, 동시로 말을 짚고 북돋아서 훨훨 꿈이랑 사랑을 키우는 길을 함께하고 싶어요.

다만 우리는 한국에서 '우리말'이라고 할 뿐입니다. 이웃 나라에서 우리를 바라볼 적에는 '우리말' 아닌 '한국말'이라고 해야 올발라요. 여기에서 하나를 더 헤아린다면, 한국사람한테 한국말이 '우리말'이라면 일본사람한테는 일본말이 그 나라에서 '우리말'이고, 미국사람한테 미국말이 그 나라에서 '우리말'이에요.

이 책이자 사전인 "우리말 동시 사전"은 한자말이나 영어나 번역 말씨나 일본 말씨가 없이 쓴 동시로 엮어요. 그렇다고 '순 우리말'은 아닙니다. 먼먼 옛날부터 흘러왔고, 오늘 흐르며, 앞으로도 흐를 새롭고 싱그러운 한국말을 바탕으로 생각을 살찌우는 동시를 쓰려고 했습니다.

이를테면 있지요, 에콰도르 골짜기에서 흐르는 물도 깨끗하고, 티베트나 네팔 골짜기에서 흐르는 물도 깨끗해요. 오직 그 나라 그 삶터를 오롯이 보살피는 고운 숨결로 어루만지기에 깨끗하지요. "우리말 동시 사전"은 한국이라는 나라에서 해님처럼 깨끗하다고 할 아름드리 숲에서 비롯한 아름드리 샘물처럼 흐르는 한국말로 이야기를 엮으려 했습니다. 맑고 밝은 우리 숲에서 흐르는 맑고 밝은 바람 같은 한국말을 한 올 두 올 살려서 쓰는 동시이기도 해요.

파란 하늘빛처럼 맑은 바람을 마실 적에 몸이 튼튼하고 마음도 튼튼해요. 이 파란 하늘빛처럼 맑은 우리말로 지은 동시를 함께 읽으면서 우리 마음이며 몸을 한결 새롭고 튼튼하게 가꾸는 길을 저마다 즐겁게 익히면 좋겠습니다. 다 같이 동시놀이, 노래잔치, 이야기마당을 누려 봐요.

목차

네 걸음 이야기

《우리말 동시 사전》은 네 걸음 이야기를 한 자리에 모았습니다. 첫 걸음은 '움직이다(동사)'이고, 두 걸음은 '그리다(형용사)'이며, 세 걸음은 '가꾸다(부사)'요, 네 걸음은 '짓다(명사)'입니다. 네 걸음이란 저마다 무엇일까요?

1. 움직이다

우리가 쓰는 말에는 우리 마음이 흐릅니다. 마음을 담기에 '말'이라 할는지 모르고, 이 말을 그림처럼 그리기에 '글'일는지 모릅니다.

우리는 오늘 누구나 말을 하며 살고, 글을 거리낌없이 쓸 수 있습니다. 이 말이란 어디에서 왔을까요? 말을 담아낸 글에는 어떤 기운이 서릴까요?

어린이를 돌보거나 가르치는 어른입니다. 어른한테서 사랑을 받거나 배우는 어린이입니다. 어른이 어린이를 돌보거나 가르칠 적에는 말을 쓰면서 나누어요. 어린이가 어른한테서 사랑을 받거나 배울 적에 말을 들으면서 받아들여요.

이 말하고 글을 한결 상냥하면서 즐겁게 마주해 보자는 뜻으로 "마음을 움직이는 우리말" 이야기를 풀어내 봅니다. 딱딱한 풀이가 아닌, 낱말 하나마다 먼먼 옛날부터 어른이 어린이를 사랑하면서 돌보려는 따스하고 너른 마음은 무엇이었을까 하고 헤아려 보는 이야기를 풀어내려고 합니다.

"마음을 움직이는 우리말"이라고 했는데요, 왜 "움직이는 우리말"인가 하면, '동사'라는 이름으로 나타내는 말은, 다른 이름으로는 '움직씨'라고 해요. 우리 움직임(몸짓)을 나타내는 말이기에 '움직씨(동사)'예요. 움직임을 나타내는 낱말을 놓고서 이야기를 엮어 보았어요. 우리가 저마다 어떻게 움직이는가를 돌아보고, 어찌 움직이면서 서로 기쁜가를 생각해 보고 싶어요.

동시라는 이름을 붙였지만, 이야기로 여겨서 읽으면 더 좋겠어요. 낱말 하나에 흐르는 이야기를 살피고, 이 이야기를 바탕으로 마음을 헤아리며, 이 마음으로 저마다 삶을 새롭게 바라보기를 바랍니다.

아주 흔하면서 참으로 자주 쓰는 말을, 매우 쉬운 듯하면서 어쩌면 더없이 어려울 수 있는 "움직이는 우리말"을 함께 읽고 생각을 나누면 좋겠습니다.

2. 그리다

우리는 생각을 말로 담습니다. 무엇을 하고 싶은지, 어떻게 느꼈는지, 알거나 모르는 여러 가지를 말로 나타냅니다. 때로는 말이 없이 눈짓이나 손짓이나 몸짓으로 생각을 펼치곤 해요. 이때에 바로 알아차리기도 하지만 못 알아차리기도 합니다. 어느 모로 본다면, 말이란 눈짓도 손짓도 몸짓도 훨씬 알아보기 쉽도록 그린 소릿결이라 할 만해요.

그저 흐르면 소리입니다. 소리에 뜻을 얹기에 말입니다. 말에 생각을 실어서 이야기로 거듭납니다. 혼자서 생각하다 그치면 혼잣말이요, 이웃이나 동무하고 나누려 하면 이야기로 다시 태어나요.

"마음을 그리는 우리말"이란, 말 그대로 마음을 고스란히 말로 그려 보자는 뜻입니다. 어렴풋하거나 아리송하지 않게, 또렷하면서 환하게 말로 생각을 그려 보자고 하는 "그리는 우리말"이에요.

'형용사'라는 이름으로 나타내는 말은, 다른 이름으로는 '그림씨'라고 해요. 우리 그림(마음에 그리는 온갖 생각하고 느낌)이기에 그림씨랍니다. 생각하고 느낌에는 즐거움도 있을 테고 쓸쓸함도 있을 테지요. 반가움도 있을 테고 서운함도 있을 테고요. 우리는 말에 어떤 생각하고 느낌을 담아서 나타내면서 사이좋게 어울릴 수 있을까요? 어른들은 어린이한테 어떤 말씨랑 이야기를 들려주려고 할까요? 우리가 늘 쓰는 말에서는 어떤 생각하고 느낌을 살피면서 삶을 배울 만할까요?

눈을 감고서 가만히 마음에 그려 봅니다. 눈을 뜨고서 조용히 머리에 그려 봅니다. 두 눈으로 보는 느낌을 그리고, 온 마음으로 읽는 생각을 그립니다. 무엇을 볼 수 있고, 무엇을 볼 수 없을까요? 우리 곁에는 어떤 바람이 흐르면서 오늘 하루가 새로울 만할까요?

날말 하나를 마주하면서 우리 이야기를 풀어내 보면 좋겠어요. 서울에서도 시골에서도, 층층집에서도 숲에서도 우리 나름대로 이야기를 함께 엮어 봐요.

3. 가꾸다

어린이 여러분, 우리는 늘 말을 하면서 사는데, 말을 하고 산다고 또렷하게 느껴 보나요? 어쩌면 우리는 숨을 마시고 뱉을 때처럼 숨을 마시거나 뱉는 줄 모르는 채 숨을 마시거나 뱉듯, 말도 우리 스스로 못 느끼는 채 그냥 하거나 주고받지는 않을까요?

모든 숨을 하나하나 생각하면서 쉬기란 어려울 수 있습니다. 그런데 숨결을 하나하나 생각하다 보면, 숨쉬기가 얼마나 대수롭고 놀라우며 멋진 일인가를 느낄 수 있어요. 밥을 먹을 적에도 이와 같아요. 배고프다며 허겁지겁 수저질을 하기에 바쁘다면 밥이 코로 들어가는지 귀로 들어가는지 몰라요. 게다가 밥을 지어서 차린 어버이 사랑을 못 느끼기 쉽고, 오늘 이렇게 밥으로 우리 앞에 놓인 온누리 여러 목숨도 못 살피기 쉽습니다.

"마음을 가꾸는 우리말"이란, 말 그대로 마음을 차근차근 가꾸듯 말 한 마디를 새롭게 가꾸어 보자는 뜻입니다. 아무렇게나 쓰는 말이 아닌, 그냥그냥 나누는 말이 아닌, 생각 없이 내뱉던 말이 아닌, 서로 즐거우면서 아름답게 어깨동무하는 길에 말 한 마디를 놓아 보자는 뜻이에요. 그래서 마음을 "가꾸는 우리말"이랍니다.

'부사'라는 이름으로 나타내는 말은, 다른 이름으로는 '어찌씨'라고 해요. 우리가 어떻게(어찌) 살거나 생각하거나 마주하는가를 돌아보도록 하는 말이기에 어찌씨예요. 어찌 생각하나요? 어찌 느끼나요? 어떻게 즐거운가요? 어떻게 슬프거나 서운한가요? 얼마나 좋거나 나쁜가요? 얼마나 반갑거나 싫은가요?

그때그때 어찌어찌 느끼거나 생각하는가를 가만히 돌아보면서 혀에 말 한 마디를 얹어 보면 좋겠습니다. 가까이 있는 사람하고, 멀리 떨어진 사람하고, 마음으로도 생각을 주고받듯이 말 한 마디에 '어떻게'나 '왜'라는 뜻을 담아 봐요. 온몸으로 느끼고 온마음으로 살핍니다. 두 손을 모아 느끼고 두 다리를 내딛으면서 살핍니다. 자, 우리는 손이며 발이며 팔이며 다리이며 마음이며 머리이며 눈이며 귀이며 코이며 살갗이며, 무엇을 느끼는 하루이고, 어떻게 살아가면서 어우러지려는 삶일까요?

4. 짓다

우리가 말을 할 적에는 늘 이름을 지어서 나타내는 셈이라고 할 만합니다. 달릴 적에는 달리는 몸짓을 '달리다'라는 이름으로 나타내고, 웃을 적에는 웃는 모습을 '웃다'라는 이름으로 나타내요. 맛을 볼 적에도 맛마다 어떤 느낌인가를 이름을 붙여서 '달다'나 '짜다'나 '쓰다'를 나타내지요.

동무가 서로 부르는 말만 이름이 아니고, 어머니 아버지가 어린이한테 지어서 부르는 말만 이름이 아니에요. 돌한테는 '돌'이 이름이고, '조약돌'이나 '바위'나 '맷돌'이나 '징검

돌'이나 '주춧돌'도 모두 이름이에요. '꽃'이란 이러한 숨결을 나타내는 커다란 이름이고, 꽃에는 '민들레', '으아리', '찔레', '붓꽃' 같은 저마다 다른 이름이 있어요.

말이란, 언제나 이름입니다. 우리가 보거나 느끼거나 생각한 대로 다 다른 뜻하고 결을 소리로 담아낸 이름이에요. 때로는 소리가 똑같으면서 뜻하고 결이 다른 낱말이 있을 텐데, 이때에는 흐름으로 다 다른 말인 줄 알아챌 수 있어요. 그리고 뜻하고 결이 다르지만 소리가 같은 낱말을 놀이 삼아서 섞어서 쓰기도 합니다.

옛사람은 왜 굳이 소리가 같으면서 뜻이나 결이 다른 낱말을 지어서 썼을까요? 오늘을 사는 우리로서는 알기 어려울 수 있지만, 우리 어버이가 우리 어린이한테 지어 주는 이름은 오직 한 사람만 바라보면서 짓는 이름이라는 대목을 생각해 보면 좋겠어요. 어머니하고 아버지는 오직 한 어린이만 사랑으로 바라보면서 이름을 지어 주는데, 뜻밖에도 우리 어린이하고 이름이 같은 동무가 있지요?

"마음을 짓는 우리말"이란, 우리가 마음으로 삶을 짓기에, 우리가 입으로든 글로든 밝히는 말 한 마디에 어떤 이야기를 지어서 나누느냐를 돌아보면 좋겠다는 뜻입니다. 우리는 상냥하면서 아름답게 삶을 짓고 말을 지을 수 있지만, 때로는 짓궂거나 거친 몸짓을 마구 지어낼 수도 있어요. 툴툴거리는 마음이라면 툴툴거리는 말을 짓습니다. 다투거나 싸우는 마음이라면 다투거나 싸우는 말을 지어요. 손을 잡고 춤추려는 마음이라면 손을 잡고 춤추려는 말을 짓고, 서로 아끼며 돌보려는 마음이라면 아끼고 돌보는 숨결이 가득한 말을 짓습

15

니다.

'명사'라는 이름으로 나타내는 말은, 다른 이름으로는 '이름씨'라고 해요. 우리가 지어서 부르려는 이름이 그대로 씨앗이 된다는 결을 '이름씨'라는 낱말에 담습니다. 움직씨도, 그림씨도, 어찌씨도, 이름씨도 모두 말이 씨앗이 되도록 마음을 담는 결을 이야기해요. 우리 함께 즐거우면서 넉넉한 마음이 되어 말을 짓고 생각을 짓고 삶을 짓는 하루가 되면 좋겠습니다. 고맙습니다.

사전 짓는 책숲집, 숲노래에서
지은이 적음

글쓰기

마음을 말해요
구름이 바람을 타고 날면서
얼마나 신나는 마음인지를
사근사근 말해요

마음을 들어요
꽃송이가 겨울을 나고 새봄 맞아
참으로 기쁘다면서 부르는
고운 노래를 들어요

마음을 읽어요
어머니가 짓는 웃음마다
아버지가 터뜨리는 웃음마다
따스한 사랑을 읽어요

그래서 나는
마음을 써요
일기장에 오늘 하루 이야기를
꿈을 꾸듯이 써요

글쓰기 : 우리가 살아가는 하루, 품은 생각, 그리는 마음, 보거나 겪은 느낌
을 글로 담아낼 적에 **글쓰기**라고 해요.

가깝다

저 멀리 있는 봉우리
그 곁에 잣나무
이 손마디보다 작아
그런데 안 닿아

저 높이 하늘에 별
그 옆에 달
이 손톱보다 작네
그러나 못 잡아

저 앞서 달리는 동생
그 둘레에 밭
이 손바닥보다 작지
그렇지만 못 쥐어

가까이 다가서면 큰 나무
멀리서 바라보면 작은 별
가까이에서도 작은데
멀리 달아나면 더 작은 동생

가깝다 : 얼마 안 떨어지는구나 싶을 적에 **가깝다**예요. 그래서 사이가 좋을
적도 나타내고, 어느 숫자나 자리에 거의 이르는 모습도 나타내요.

가다

냇가로 가서 물놀이를 할까
하루가 다 간 줄 모르고 놀았더니
더운 날씨에 도시락이 맛 갔네
그래도 목소리가 가도록 노래하며 논다

가는 말 오는 말 상냥한 말
꽃길을 가고 숲길을 오는 마실
하늘로 가신 할아버지가 남긴
우리 집 시계는 똑딱똑딱 잘 간다

마음이 가는 결을 살피면서
술술 붓이 가는 그림
으뜸가는 빛이 아니어도
꾸준히 밝게 가면 반가운 그림

주름이 가는 미움이 아닌
기쁜 길로 가려 한다
너도 둘 나도 둘 가는 못
깊어 가는 저녁에 밤알 같이 먹자

가다 : 여기에 있다가 여기 아닌 곳으로 있도록 움직이기에 **가다**라고 해요.
다른 데에 있도록 움직이지요.

가만히

가만히 다가서면
다소곳이 앉아서 날개 쉬는
나비 한 마리가 고와
하염없이 바라보네

살며시 속삭이면
조용히 귀를 열고 듣는
할머니는 빙그레 웃음짓다가
살살 이야기를 들려주신다

넌지시 손을 내밀면
부드러우면서 넉넉히 어깨 겯자며
노래 같이 부르자는 동무는
먼길 마다 하지 않는다

고요히 해가 지는가 싶더니
왁자하게 퍼지는
밤새 밤개구리 밤벌레 잔치판
그런데 잠은 솔솔 잘 온다

가만히 : 움직이지 않는다든지, 몸이나 손을 쓰지 않는다든지, 마음을 기울이는 몸짓을 나타낼 적에 **가만히**라고 해요.

가장

우리 집을 폭 안은
숲에서는
언제나 새롭게 노래 흘러
더없이 푸르지

이웃 나라는 자전거 타기 좋아
아이도 어른도
비가 오건 해가 눈부시건
더할 나위 없이 촤라락 달려

텃밭에서 갓 훑은 나물을
요모조모 무쳐서
밥상에 탁 올리면
으뜸맛이야

누나는 그림을 가장 잘 그려
어머니는 노래를 참 잘 불러
나는 웃음을 가장 잘 짓고
우리는 오늘 무척 즐거웠어

가장 : **가장**은 딱 하나만 가리키는데, 어느 것보다 크거나 높거나 세거나 좋
거나 나쁜 것 하나만 가리키려고 써요.

간질이다

바람이 간질이네
복숭아뼈를 뒤꿈치를
목덜미를 턱을
머리카락을 눈썹을

바람이 살랑이네
나락을 배춧잎을
옥수숫대를 머윗대를
고들빼기꽃을 사광이풀을

바람이 출렁이네
감나무 가지를 타고
동백나무 새 잎사귀를 타고
깨바심하는 할머니 등판을 타고

바람이 잠드네
마루밑에서 가만히
창턱에서 살며시
나비 앉은 내 손끝에서 얌전히

간질이다 : 간지럽게 한대서 **간질이다**인데요. '간지럽다'는 살에 무엇이 가볍게 닿아서 가만히 있기 어려워 움직여야 하는 몸짓을 가리켜요.

거북하다

안 맞는 밥을 먹었더니
아침부터 속이 거북해
안 보고픈 모습을 봤더니
며칠째 마음이 거북하고

맞지 않는 옷이니 거추장스럽고
손이 자주 가서 번거롭네
자꾸 들러붙으니 성가시고
하고 싶지 않아 귀찮구나

맞는 밥을 알맞게 먹어
속이 든든하며 즐거워
보고픈 너를 보았더니
여러 날 마음이 날 듯하네

맞는 옷이 날개같고
손길을 뻗어 건사하지
자꾸 들여다보며 아끼고
하고 싶어서 꿈이야

거북하다 : 몸을 움직이거나 마음을 쓰기가 어쩐지 막히거나 갇힌 듯해서
힘들거나 싫은 느낌을 **거북하다**라고 해요.

거의

밥 거의 됐으니
부엌바닥 쓴 뒤에
밥상 훔치고 수저 놓고
김치랑 나물 꺼낸다

갈 길 거의 왔으니
살짝 숨돌리고
다리 쉬고 하늘 보고
물 마시고 새로 힘낸다

봄에 마련해서 거의
안 닳았지만
어느새 훌쩍 큰 키라서
가을에 동생한테 물려주는 옷

이제 거의 끝이지만
밤이 깊으려 하니
이튿날 마저 읽으라 하네
참말 바깥이 별잔치구나

거의 : 다 되지는 않았지만 다에 가깝다고 할 적에 **거의**라고 해요. 곧 다 되
거나 끝난다고 할 적에 **거의**를 쓰지요.

걸음

뚜벅뚜벅 걸어도
사뿐사뿐 거닐어도
살금살금 딛어도
폴짝폴짝 뛰어도

이 걸음은 꿈이 되어
저 걸음은 춤이 되어
그 걸음은 꽃이 될까
온 걸음은 새가 되네

어깨동무하고 느긋이 걷자
손을 잡고 노래하며 거닐자
마주보고 웃으며 한발 딛자
넘어지면 일어나며 새로 뛰자

걸음걸이마다 가벼워
걸음자락마다 기운 넘치고
걸음새마다 홀가분하더니
걸음나래 펴며 하늘로 둥실

걸음 : 앞이든 뒤이든 옆이든 발을 이곳에서 저곳으로 움직일 적에 **걸음**
이라 해요. 어떻게 하는 움직임이나 어디를 드나들 적에도 이 말을 써요.

걸치다

해가 고갯마루에
살짝 걸치네
노을이 진다
발그스름 곱고 조용해

달빛이 밝아서
늦가을에는 밤에
대청마루에까지
길고 하얗게 걸쳐

나무를 타고서
무화과 한 알을 따 입에 넣은
우리 동생 얼굴에는
웃음이 걸치고

새로 맞이한 아침에
다시 해가 저 멧골에
살포시 걸치니
눈부신 가을무지개야

걸치다 : 다른 것이나 곳에 가볍게 놓으면 **걸치다**예요. 옷을 팔에 안 넣고 어깨에 씌워 **걸치다**예요. 이어지는 모습이나 살짝 먹는 모습도 나타내요.

결

네가 속삭이는 결에
나긋나긋 흐르는 바람
내가 노래하는 결에
살랑이는 풀잎 꽃잎

잠결에 들은 통 소리는
풋감이 지붕 치거나
굵은 모과알 떨어지거나
들고양이 마당서 춤추는 물결

넘어질까 싶어 얼결에
어머니 손을 잡았더니
따뜻하면서 힘있는 숨결
사르르 퍼져 온다

내가 사랑하는
눈빛 눈망울 눈결 눈짓에는
같이 놀고 함께 웃는
살결 부드러이 어우러진다

결 : 여럿이 나란히 있는 무늬라든지, 무엇을 할 만한 짧은 때를 **결**이라고
합니다. '살결'이라든지 '얼결'이나 '잠결'처럼 써요.

고요

신명나게 수다잔치 하다가
한 사람이 문득 말을 멈추니
모두 갑자기 입을 닫아
낯설면서 새삼스러운 고요

한 사람 두 사람 열 사람
푹 빠져든 이야기로 날아가며
어느덧 아무 몸짓도 소리도 없이
서로 다른 즐거움 흐르는 고요

고요한 수다판이 되니
개미가 책상 타고 기어가는 소리
나비가 팔랑거리며 내는 소리
아주아주 크게 들린다

고요한 책터가 되니
책이 되어 준 나무가 살던
저 먼 숲에서 찾아든 바람
눈으로 보고 살갗으로 느껴

고요 : 소리도 몸짓도 없기에 **고요**예요. 바람이 없거나 물결이 일지 않고 가
만히 있기에 **고요**이지요.

골

개미 한 마리가
팔을 타고 팔뚝을 지나
어깨를 넘고 목을 거쳐
옆 어깨를 기어간다

이러다가 콕 깨무니
아야 하고 놀라
손바닥으로 살살 쓰는데
어느새 손등에 올라타네

개미를 노려보며 골을 낸다
너 왜 깨무니?
갑자기 깨무니 놀랐잖아
얌전히 머물다 갈 수 없니?

손등을 빙빙 돌다가
손가락 사이로 들어간 개미를
나뭇가지로 옮겨 준다
다음엔 조용히 놀다 가렴

골 : 골짜기나 고을을 줄여 **골**이라고도 하는데, 소리는 같은 다른 낱말로
'부아'나 '짜증'처럼 마음에 안 들 적에 확 일어나는 느낌도 **골**이에요.

곳

곧
꽃이 피어나는
고운 바람이 부는
곳이 됩니다

이곳저곳 골골샅샅
그곳에도 골고루
온곳에 살랑살랑
어느 곳이든 올망졸망

곧
고스란히 맞이하는
곱게 꿈꾸는
곳이 되어요

곧게 서며 고이 웃고
고슬고슬 고소한
고마운 살림꽃씨를
곳곳에 심지요

곳 : 우리가 오늘 있는 **곳**이고, 어디로 가려고 하는 **곳**이에요. 발로 디디거
나 몸으로 있는 **곳**이면서, 마음이 있거나 머무는 **곳**이랍니다.

구슬프다

새끼 잃어 구슬피 우는 새
짝지 잃어 애타게 우는 새
둥지 잃어 슬피 우는 새
벗 잃어 애닳아 우는 새

길 잃어 엉엉 우는 아이
배고파 눈물 떨구는 아이
동무 떠나 울음 삼키는 아이
꽃이 꺾여 이슬 맺힌 아이

아픈 아이 돌보며 안타까운 어머니
앓는 아이 보살피며 안쓰러운 아버지
다친 아이 보듬으며 혀를 차는 할머니
지친 아이 업으며 달래는 할아버지

우리 눈물 한 방울은
볼을 다고 주르르 흐르다가
바람에 얹혀
고운 무지개로 새로 태어납니다

구슬프다 : 매우 슬픈 느낌이 **구슬프다**인데요, 쓸쓸하다고 느끼도록 슬프다
든지, 우리 스스로 보잘것없다고 느끼도록 슬픈 모습이에요.

그리다

누나는 잘 그리고
동생인 너는 못 그릴까?
맞아!
너 스스로 못 그린다 생각하기든

언니는 곱게 그리고
동생인 너는 밉게 그리나?
맞네!
네가 바로 밉게 그린다 생각하니까

그리고픈 대로
먼저 마음으로 그리렴
연필은 나중에 들자
손가락으로 하늘에 그려도 돼

그리려는 꿈이 있으면
모두 즐거워
그리려는 얘기가 있으면
참으로 사랑스럽고

그리다 : 마음으로 깊거나 곱게 생각할 적에도 **그리다**이고, 붓을 들어 종이
에 무언가 나타내거나 말이랑 글로 나타낼 적에도 **그리다**예요.

기다리다

밥이 되려면 기다려
쌀을 씻어서 불리고
냄비에 물을 맞춘 다음
잘 익도록 끓이지

버스에 타려면 기다려
즐겁게 줄을 서고
동생이랑 할머니 먼저 태우고
느긋하게 타지

낫이며 괭이 쓰고프면 기다려
아귀힘이 붙고
찬찬히 손을 놀릴 줄 알면
어떤 연장이든 잘 쓸 수 있어

바깥일 다녀오는 어머니를 기다리고
봄꽃 필 따순 철을 기다리고
함박눈 눈사람을 기다리고
미리내하고 무지개를 기다려

기다리다 : 누가 오면 좋겠나고, 어떤 일이 생기면 반갑겠다고 생각하기에
기다리다예요. 오기를 바라기에 **기다리다**이지요.

기르다

갓 태어난 아기는
젖 빠는 힘 말고는
아무 힘이 없대요
젖 빨다가도 잔대요

아주 천천히 힘을 길러
눈을 뜨고
물을 마시고
옹알이를 하고

씩씩하게 힘을 길러
목을 가누고
뒤집다가 기다가 서고
드디어 첫걸음

조금씩 힘을 길러요
몸이랑 마음에
눈이랑 손발이랑 머리에
신나게 힘 기르며 노래해요

기르다 : 몸이나 마음이 오늘보다 튼튼하거나 씩씩하도록 돌볼 적에 **기르다**
예요. 좋은 몸짓을 붙이거나 머리카락이 자라게 하는 일도 나타내요.

길쭉하다

마음에 안 든다며
입을 삐죽거리네
머리카락은 꼭 가시처럼
뾰족거리고

하나같이 못마땅하다며
혀를 낼름거리네
손가락은 마치 갈퀴처럼
바짝 세우고

그런데 말이지
손을 내밀어 봐
살짝 말고 길게
더 더욱 더더

길쭉하게 내밀어
자, 받아 봐
너한테 주려고 챙긴
이 가을 햇알밤이야

길쭉하다 : 살짝 길구나 싶어서 **길쑥하다**라고 해요. 살짝 긴 듯하다면 **기름하**
나라고도 합니다.

꼭

꼭 먹어야 하지 않아
남으면 흙한테 주자
억지로 밀어넣지 말아
지렁이가 반겨 준단다

꼭 쥐어야 하지 않아
힘을 빼고 가볍게 쥐자
부드러이 잡아서 살살 당기면
줄 따라 연이 바람을 타지

꼭 있으면 좋겠지
그런데 굳이 없어도 돼
반드시 그 하나만 되지 않거든
우리 나름대로 새로 짓자

꼭 나서야 할까 궁금해
난 아직 서툴잖니
그래도 곰곰이 생각해 보면
아직 서툴기에 참말 해보고 싶어

꼭 : 힘을 주어서 잡기에 **꼭**이고, 어떤 일이 있더라도 일어나거나 하기에 **꼭**
이며, 닮았구나 싶어서 **꼭**이요, 어울리거나 맞아서 **꼭**이라고 해요.

꿈

꿈에서 참말 날았어
동생도 어머니도 아버지도
구름보다 높이 무지개를 따라서
실컷 날았어

해님이 우리를 보며 웃고
새님이 같이 날자며 오고
비님은 우리 밑에 있지
별님은 어느새 우리 곁에 있네

얼마나 재미있는데
날개 없이도 날아오르고
하늘배 없이도 이웃별 다니고
먹지 않고도 기운이 펄펄 나

오늘도 신나게
하늘 나는 꿈을
새롭게 꿀 생각이야
이따 꿈에서 만나

꿈 : 잠을 자면서 마음으로 보는 그림이나 이야기가 **꿈**이에요. 앞으로 이루
고 싶은 일이나 가고 싶은 길도 **꿈**이라고 해요.

끈적

우리는 끈끈히 이어진 사이
오래 떨어져 지내도
멀리 떨어져 살아도
한결같이 아끼는 마음이지

우리는 끈질기게 해내는 모임
아무리 어려운 일도
참으로 아리송한 일도
끈덕지게 달라붙어 풀어내지

우리는 끈 하나로도 재미난 놀이
이영차 당기고
어영차 더 당기며
서로 놓을 수 없는 끈

강냉이 먹으니 손이 끈적해
고구마 삶아 먹어도 끈적거려
달디단 주전부리는 끈적끈적
손으로도 맛을 보네

끈적 : 살며시 붙으려고 하기에 **끈적**이라고 해요. 떨어지지 않으려고 할 적
에도 **끈적**을 쓰지요.

나

내가 너를 본다
네가 나를 부른다
우리가 너희를 찾는다
너희가 우리한테 온다

나는 너하고 놀고파
너는 나한테 웃음을 띄워
우리는 어깨를 겯고 걸어
너희끼리만 가면 심심해

너랑 내가 함께 있으니 좋아
네가 나랑 같이 하니 기뻐
우리가 나란히 길을 가네
너희도 서로 손을 잡는구나

나부터 해도 되고
너부터 해도 되지
우리가 한꺼번에 할까?
너희도 한몸 되어 해 봐

나 : 바로 여기에서 이 몸을 움직이고 이 마음을 다스리는 사람이 **나**예요.
저기에서 저 몸을 움직이고 저 마음을 다스리는 사람은 **너**이지요.

나긋하다

언니는 향긋한 봄꽃 목소리
어머니는 싱그러운 여름바람 목소리
동생은 팔팔한 가을새 목소리
아버지는 나긋한 겨울눈 목소리

따사로우면서 부드러이 내리는 햇살
넉넉하며 달콤히 퍼지는 유자내음
팔랑팔랑 힘차게 춤추는 나비
언제나 느긋이 가꾸는 하루

고개 너머 살폿 사라진 별똥
가만히 모이다가 흩어진 구름
장대처럼 내리다 조용히 멎은 비
모두 나긋나긋 찾아오는 동무

마루문으로 개구리 노래가 스며
창틈으로 달빛이 번져
뒷골에서 밤새가 가락 맞추고
우리는 느긋느긋 꿈마실 나서

나긋하다 : 가만히 만지거나 쓰다듬는 듯한 느낌, 따뜻하면서 착하고 부드
러운 느낌을 **나긋하다**라고 해요.

나르다

벌이 온몸에 꽃가루 묻혀
벌집으로 나르고
개미가 크고작은 먹이 물어
개미집으로 나른다

제비가 먹이를 새끼한테
바지런히 나르고
고양이가 쥐를 잡아
헛간 보금자리로 나른다

아버지가 등에 지고
짐을 나르고
어머니가 머리에 이고
보퉁이를 나른다

나는
구름 나르는 바람을 보고
볕살 나르는 해를 쬐고
씨앗 나르는 물살에 낯 씻는다

나르다 : 이곳에 있는 것을 저곳으로 가지고 가거나, 저곳에 있는 것을 이곳
으로 가지고 올 적에 **나르다**라고 합니다.

나무

찻길이 끝나는 곳에서
신은 벗어 보퉁이에 담고서
맨발로 흙을 밟고
숲으로 들어선다

개미가 보로로로 달아나고 달려오고
풀벌레가 참하게 노래로 맞이하고
바람이 훅 끼치더니
저쪽에서 눈을 끄는 나무

한 아름으로 포옥 안으니
나뭇줄기를 거쳐 사락사락
뺨으로 팔로 가슴으로 등허리로
찬찬히 스며드는 두근거림

오늘 만나서 반가워
이렇게 얘기하니 즐겁다
다음에 또 놀러오렴
나뭇잎 하나 톡 떨어져 이마에 붙네

나무 : 기나긴 해를 살면서 줄기가 굵고 가지가 뻗어 그늘을 드리우기도 하는 **나무**는, 집을 짓거나 살림을 짤 적에 쓰기도 해요.

나풀

할머니 봄꽃치마가
봄바람 타고서 나풀
봄꽃내음 퍼지는 아침에
반들반들 흐르는 햇살

큰언니 꽃목도리가
여름바람 신고서 나풀나풀
빠르게 들길 달리더니
벌써 저만치 사라져

꽃무늬 넣은 신을 꿰고
가을바람 마시면서 너풀너풀
마치 춤추듯
도리깨질 힘찬 어머니

꽃그림 손수 넣어 빚은
고운 꽃밥그릇에 밥 한 덩이 너풀
흥얼흥얼 신바람내며
저녁잔치 꾸리는 아버지

나풀 : 얇거나 가는 것이 바람에 날려서 가볍게 움직일 적에 **나풀**이란 말을
써요.

날다

겨울에도 피고 싶어
반짝햇볕에 얼른
줄기 올려 꽃송이 떨구며
씨앗 날리는 꼬마민들레

꼬마민들레 곁에는
새봄 느긋이 기다리려는
뿌리 매우 깊어
겨우내 꿈나라 나는 할멈민들레

하늘에는 겨울맞이 새
줄짓고 떼지어 날고
냇물 못물 바닷물에는
날갯짓 쉬며 고기 잡는 새

한 해 저물녘
키가 얼마나 자랐나
폴짝 뛰고 활개치면서
나비처럼 날고 싶은 우리

날다 : 하늘로 떠서 움직이거나, 가볍고 빠르게 움직이는 몸짓을 **날다**라고
하지요.

날래다

네가 이렇게 날랜 줄
오늘 처음 알았어
네가 옆을 스칠 적에
바람이 횡횡하더라

나도 때로는 날렵해
좋아하는 떡을 집거나
닫히려는 곳에 들어가거나
떨어지려는 물잔을 잡을 적에는

너도 참 재빠르지
언제 요렇게 다 했니
내가 손쓸 틈이 없더라
끼어들 자리도 없고

오늘은 잰걸음으로 가자
갈 길이 제법 멀어
바지런히 걸음 놀리면
해지기 앞서 닿아

날래다 : 날듯이 빠를 적에 **날래다**이고, 이보다 더욱 가볍고 빠르다면 '날렵
하다'고 해요. 몸놀림이 무척 빠르기에 '재빠르다'이고요.

남다

하나 남은 몫
네가 먹으럼
나는 배불러
더 먹어도 돼

심부름이 꽤 남았는데
벌써 저녁이네
오늘 못 끝내겠다
이제 쉬고 이튿날 하자

몇 쪽 안 남아
마저 읽고 싶은 책
그렇지만 얼른 덮고
아침나들이를 가야지

남은 부스러기 있나
찬찬히 살폈으면
짐을 챙겨 들고는
숲마실 마치고 집으로

남다 : 모두 쓰거나 하지 않으니 **남다**라고 해요. 모두 떠날 적에 안 떠나고
제자리에 있어도 **남다**이고, 오래오래 이어질 적에도 **남다**라고 합니다.

냅다

모닥불 피우면
꼭 나한테 바람 일어
연기가 하얗게 와락
냅다 내워

콜록콜록 재채기하고
고개를 이리 돌리면
이리 따라오는
냅고 미운 연기

맞은쪽으로 가 앉으면
바람은 어느새
이쪽으로 바뀌어
아이 참 성가셔

새 하늬 마 높 빙그르르
왼 오른 위 밑 뱅그르르
어쩜 이 내운 바람은
나를 이토록 따르나

냅다 : 연기가 나서 눈이나 코가 목이 쓰리다고 할 적에 **냅다**라고 합니다.
'맵다'는 매운 맛이나, 모질도록 힘든 일이나 추운 날씨를 나타내지요.

냉큼

맛이 있으니 냉큼
손을 뻗더니 냴름
사이좋게 나란히
너랑 나랑 나눠 먹지

신이 나니까 얼른
발을 구르며 영차
서로서로 도우며 심부름
우리는 노래하며 거들지

모처럼 만나며 덥석
오랜만에 다시 만났구나
그동안 어찌 지냈을까
같이 밥 먹으며 이야기잔치

배가 부르니 느긋
이제는 천천히 움직여
잽싸거나 재빠르지 않아도
서두르지 않아도 좋아

냉큼 : 미루거나 늦추거나 머뭇거리지 않고 그 자리에서 바로 가벼우면서
빠르게 할 적에 **냉큼**이라고 합니다.

너무

나무 두 그루는 나란히 서서
즈믄 해를 넉넉히 살더니
씨앗 한 톨씩 떨구어
어린나무 두 그루 새로 큰다

그리 크지 않지만
썩 작지 않고
너무 높지 않으면서도
퍽 낮지 않아

모자라지 않게 넘치지 않게
지나치지 않게 적지 않게
남아돌지 않게 아쉽지 않게
흘리지 않도록 가두지 않도록

알맞게 나누어서 산다
고르게 갈라서 누린다
어우러지는 살림 지으며
숲과 사람이 어울리는 터전

너무 : 어느 만큼을 넘어서도록 안 좋으니 **너무**를 써요. "너무 나빠"나 "너무 싫어"처럼. 좋다고 할 적에는 "무척 좋아"나 "아주 좋아"라 합니다.

넘실

벼락을 이끌며 퍼붓는
후두두두 여름비는
도랑을 고랑을 가득 채워
넘실넘실 흐른다

여름에 말라서 떨어지는
후박나무 잎사귀를
웃옷자락에 그득 모으니
남실남실 묵직하다

아침마다 해는 넘실 뜨고
밤마다 별은 남실 돋고
여름바람에 풀잎은 너울대고
회오리바람에 머리카락 물결치고

바야흐로
노래 한 가락이 넘실거리면
어깻짓 춤사위가 남실거리고
덩싱 둥실 흐드러진 웃음마당 된다

넘실 : 물이 넘치겠구나 싶도록 움직일 적에, 물결이 부드럽게 칠 적에 **넘실**
이라고 합니다.

녘

해가 질 녘이면
자러 갈 즈음
쉬면서 꿈꿀 무렵
고요히 숨쉬는 때

동이 트는 녘이면
일어날 즈음
기지개 켜면서 눈뜰 무렵
신나게 뛰어놀 때

아침녘이면
하루를 그리고 마당을 비질하고
텃밭 나무숲을 돌아보고
책을 펴서 삶을 헤아려

밤녘이면
오늘을 되새기고 모레를 생각하고
풀벌레 노랫소리를 들으면서
이부자리 펴서 살림을 마무르지

녘 : '동녘'이나 '북녘'처럼 우리가 바라보는 자리를 **녘**이라고 해요. 또 '동틀녘'이나 '해질녘'처럼 무엇이 일어나는 때를 **녘**으로 나타내요.

놀다

설이 아니어도 윷을 놀고
끼리끼리 도란도란 놀고
아기는 어머니 뱃속서 놀고
물고기는 냇물서 놀아

남 말에 놀아나지 말자
시시하게 놀면 재미없어
사람을 갖고 놀지 말아라
한창 놀던 옛날을 이제 잊으렴

이가 흔들흔들 놀다가 빠지네
노는 윷판을 빌려서 왔지
손가락이 얼어서 안 놀면
눈사람 굴리기 그만 놀자

걸리적걸리적 노는 짓 말고
함께 신나는 잔치판을 놀자
기쁘게 배웠으니 즐겁게 놀고
노는 틈을 내어 심부름도 가볍게

놀다 : 재미있기 싶도록 움직이거나 즐겁게 지내서 **놀다**예요. 하는 일이 없거나 쉬어도, 안 쓰거나 안 맞을 때도, 돌아다닐 적에도 **놀다**랍니다.

눈

겨울눈이 사박사박 가볍게
이 밤을 환히 밝히네
쉬하러 나온 졸린 눈이 번쩍
눈송이처럼 눈빛 초롱초롱

동백나무 꽃눈에도
앵두나무 여린 겨울눈에도
모과나무 잎눈에도
함박눈은 한가득 쌓이네

아침이면 동생이랑
눈송이를 신나게 뭉쳐
눈사람 굴리고
눈집 지어야지

아버지가 이불깃 여미어 준다
눈을 감기 앞서
아버지 눈을 쳐다본다
눈망울에 눈웃음 물결친다

눈 : 우리는 **눈**으로 무엇이든 봅니다. 추운 날 하늘에서 송이송이 **눈**이 내리고, 꽃이나 잎이 새로 트려는 **눈**이 나무마다 있어요.

눈물

꽃잎을 살몃 만지면
꽃결이 살결로 스며
손가락 머리칼 가슴에
꽃내가 물듭니다

봄에는 어린 싹처럼
여리고 맑은 눈망울
여름에는 푸른 잎처럼
푸릇푸릇 산뜻한 눈빛

가을에는 붉은 열매처럼
불긋불긋 따사로운 눈길
겨울에는 작은 씨눈처럼
자잘하고 고운 눈송이

네가 웃음지으면
바람도 나무도 웃음으로 물들어
네가 눈물지으면
하늘도 꽃도 눈물로 젖어들어

눈물 : 눈에서 나오는 물인 **눈물**이 있어 눈을 뜨면서 볼 수 있어요. 슬프거나 기쁠 적에 마음이 확 움직이며 **눈물**이 흐르기도 하지요.

눕다

초승달이 누우니
별님이랑 해님도 때때로
하루를 포근히 쉬면서
누울는지 몰라

어머니도 아버지도
동생도 나도 누우니
개구리도 딱정벌레도 제비도
밤이 되면 누우려나

해가 떨어지니 눕고
옴팡지게 놀았으니 눕고
배불러서 눕고
심심해서 눕고

아픈 날에는
얼른 튼튼몸 바라며 눕고
자장노래 들으면서
새 하루 꿈꾸며 눕지

눕다 : 몸 가운데 머리나 등이나 허리를 바닥에 대고서 있으면 **눕다**라고 하
지요. 쉬려고도 눕고, 자려고도 눕고, 아파서도 누워요.

느리다

이 걸음이라면
좀 늦을 듯해
서두를까 이대로 갈까
아니면 더 느긋이 걸을까

이 빠르기라면
모레에도 끝이 안 나
일손을 당길까 이대로 할까
아니면 한결 넉넉히 여밀까

이렇게 하면
한나절 기다리면 돼
일찍 뚜껑 열지 마
그동안 설거지 하자

이런 우리는
느림이일 수 있어
느긋이라거나 넉넉이라거나
나긋이라든지 늘꽃일 수 있고

느리다 : 오래 걸리도록 움직이기에 **느리다**예요. 그런데 '오래'란 사람마다
다르니, 아주 빠른 두 사람 가운데 뒤로 처지는 사람도 **느리다**랍니다.

늘

구름이 잔뜩 끼거나
비나 눈이 오거나
세찬바람 몰아닥치면
별님을 생각도 못했어

이때는 해님도 그만 잊지
별은 늘 별대로 밝고
해는 언제나 우리를 비추어
날마다 낮과 밤을 누리는데

곰곰이 돌아보자
문득 잊는 나머지
늘 고운 이웃이며
언제나 상냥한 동무이며

노상 까먹은 채
함께 나눌 기쁨이랑
서로 누릴 즐거움까지
때때로 잃지 않는지

늘 : 어느 한때만이 아니라 모든 때를, 어느 때이든지 모두, 무척 자주, 처음
부터 끝까지 잇는 모습을 늘이란 낱말로 나타내요.

다르다

여름바다는 봄바다랑 달라
해가 훨씬 뜨겁고
바람이 더 시원하고
모래알은 한결 반짝여

겨울잎은 바싹 말라 남다르고
여름잎은 포동포동 물올라 빛다르지
가을잎은 봄잎하고 달리
아롱다롱 곱게 물들고

한날에 심은 씨앗인데
꽃줄기는 저마다 다르게 올라
한날에 태어난 동무인데
키도 몸집도 다르게 자라

어제와 달라 오늘이 새롭고
나날이 다르니 하루를 배우지
같으면서 다른 어버이 사랑이고
다르면서 같은 우리 웃음소리야

다르다 : 함께 놓고 볼 적에 하나로 느끼기 어려워 **다르다**요. 하나로 느낄 만
하기에 '같다'라고 해요. 다르기에 더 잘 보이기도 합니다.

다시

시금치 단무지 달걀 김치
한 줄씩 가지런히 놓고
꾸욱꾸욱 눌러서 만 김밥
다시 해서 먹자

치자 빻고 끓여서
식초 소금 사탕수수 섞고는
한 달 동안 삭힌 단무지
또 해서 먹자

돌멩이 바위 조약돌 따라
새소리 풀벌레소리 감겨드는
깊고 깊어 시원한 골짝물
또다시 가고 싶어

자꾸 먹고 싶은 맛난 밥
새로 누리고 싶은 멋진 곳
거듭 짓고 싶은 고운 날
내처 가고 싶은 즐거운 길

다시 : 하던 말이나 일을 잇거나 똑같이 할 적에 **다시**라고 해요. 고쳐서 새
로 하거나 다음에 이을 적에도 **다시**라 하고요.

닦다

즐겁게 입은 옷이니
곱게 벗어서
깨끗하게 빨아
다시 즐거이 입는다

신나게 뛰놀면서 함께한
신 한 켤레를
얌전히 벗고 빨아
또 신나게 신고 달린다

포근히 잠을 잤으니
아침에 기쁘게 이불 개고
비질이며 걸레질이며
웃으면서 한다

맛나게 밥을 먹었으니
바로바로 이를 닦아
다음에 맛난 밥을
새로 배불리 먹을 테야

닦다 : 겉에 더러운 것이 없도록 할 적에 **닦다**예요. 길을 새로 내거나 무엇을 깊이 배워서 받아들이려 할 적에도 **닦다**를 쓰고요.

닫다

귀를 닫으면
내 목소리도 안 들릴 테지만
새하고 풀벌레가 노래하고
바람 부는 소리도 못 들어

마음을 닫으면
내 마음을 네가 모르겠지만
네 마음을 내가 알 길도
모두 끊어져

"잘 닫으렴"
어머니는 늘 이야기해
뚜껑 마개 덮개 씌우개 다
제대로 닫으라고

"닫았으면 열 수 있어"
아버지는 늘 속삭여
살뜰히 닫는 까닭은
즐겁게 열려는 뜻이래

닫다 : 흐르거나 드나들거나 오가지 못하게 하려고, 내리거나 붙이거나 넣기에 **닫다**랍니다. 가게나 모임을 그만하거나 쉴 적에도 **닫다**를 써요.

달다

밭에서 갓 뽑은 무를
옷섶으로 슥슥 문질러
와삭 베어물면
아, 달달 맵싸하다

꽃마다 내려앉은 벌이
바지런히 그러모은 집 한 칸
살그머니 나누어 받은 꿀
이야, 아주 달콤해

날마늘은 이리 매운데
자글자글 볶은 마늘은
어쩜 이리 달까
멸치볶음에 젓가락질 안 멈춰

가물던 논밭에 단비
쓸쓸하던 마음에 단말
밤마다 즐거이 단꿈
언제나 반가운 단벗

달다 : 꿀을 먹을 때 같은 맛이라서 **달다**라고 해요. 자꾸 먹고 싶다는 느낌
이 든다든지 반갑거나 좋다고 할 적에도 **달다**를 쓰지요.

달리다

한 걸음 콩
두 걸음 콩
어린 조카는 날 따라
달리고 싶어 콩콩

한 걸음 사뿐
두 걸음 사뿐
우리 오빠는 아버지 곁을
가볍게 잘 달려

나는
아버지 오빠 잡으려고
짐받이에 조카 앉히고
자전거를 달리지

낮을 달린 해가 쉬고
밤을 달린 별이 쉬고
하늘을 달린 바람이 쉬고
우리도 힘껏 달리다가 쉰다

달리다 : 다리로 땅을 디디면서 앞으로 빠르게 갈 적에 **달리다**라고 해요. '뛰다'는 우리가 선 곳에서 몸을 위로 올리는 몸짓입니다.

대로

있잖아,
마루 지나 부엌에 가는
짧은 길이어도
똑같은 걸음이 아냐

5월 4월 3월
같은 봄이라지만
다달이 나날이 아침저녁으로
다 달라

나는 어제보다 키 컸나?
너는 그제보다 좀 자랐나?
음 아무래도 말이지
잘 모르겠네

그래도 지난해보다 컸고
지난달보다 자랐어
우리가 꿈꾸는 대로 크고
우리가 바라는 대로 자라나 봐

대로 : 어떠한 모습이나 느낌하고 같아서 **대로**를 붙여요. '오는 **대로**'처럼
'어떻게 하면 바로'나 '있는 **대로**'처럼 '어떻게 하는 만큼'도 나타내요.

대수롭다

살짝 도왔는걸
그만 치켜세우렴
내 손길은
대단하지 않잖니

어제오늘 일이 아니고
우리는 이웃이고 동무야
내 마음씀은
대수롭지 않단다

너는 살짝이겠지만
바로 그 살짝 손길이
얼마나 고마운지 아니?
무척 대단해

너는 으레 있는 일이라지만
꼭 그 마음씀으로
얼마나 흐뭇한지 아니?
무엇보다 대수롭지

대수롭다 : 크거나 값있거나 뜻있거나 좋다고 할 만할 적에 **대수롭**다고 합니다.

더

더 하고 싶으면
더 해도 돼
더 하고 싶지만
더 안 하고 멈춰도 돼

더 가고 나서 쉬어도
덜 갔지만 쉬어도
더 힘내어 보아도
덜 힘내어도 돼

더욱 마음을 기울이면
더더 마음을 쏟으면
더욱더 마음을 바치면
더더욱 마음을 쓰면

더 나은 길을
더없이 기쁜 꿈을
더하고 보태고 채우면서
고운 사랑이 돼

더 : 끊이지 않으면서 많은 모습이나, 그보다 많은 모습을 나타내려고 **더**를
써요. 힘주어서 '더더, 더욱, 더더욱, 더욱더' 같은 말도 쓰지요.

더러

나무한테 다가가서
눈을 감고 살며시 안으면
곧잘 들려주는
여태껏 살아온 이야기

팔랑질 나비 곁에
조용히 우뚝 서서 팔 뻗으면
더러 내려앉아
하늘 나는 기쁨 속살속살

물결치는 바다에 뛰어들어
물속에 가만히 잠기면
이따금 말없는 말로
깊고 너른 숨소리 베풀어

바람이 시잉싱 부는 날에
가끔 바람하고 얘기한다
어느 날은 구름하고 속달질
어느 때는 개미랑 수다잔치

더러 : 모두 가운데 얼마쯤이라는지, 자주 있거나 드물지는 않으면서 생각
난다고 할 적에 **더러**를 씁니다.

돌

바다에 가면
바닷물도 모래밭도 좋은데
바닷가 돌멩이도 좋아
하나쯤 줍고 싶어

냇가에 가면
냇물도 민물고기도 반가운데
냇물살 타고 구르는 조약돌
매우 귀여워서 만지작

풀밭에 가면
신 벗어던지고 뒹굴 폴짝
맨발에 닿는 흙내 풀내에
잔돌 느낌 시원해

돌을 쥐어 귀에 대고
오래오래 살아온 이야기 듣고
바위를 팔 벌려 품어
두고두고 묻어온 살림 느껴

돌 : 흙이나 모래가 뭉쳐서 단단하게 된 것을 **돌**이라 하고, '돌멩이〈돌덩이〈
돌덩어리〈바위'처럼 크기를 가를 수 있어요.

돌다

잠자리 한 마리
머리 위에서 맴을 도네
나비도 한 마리
배롱꽃 곁을 빙빙 돌고

제자리에서 팽이처럼 뱅그르르
돌다가 춤추다가 돌다가 춤추고
서로 손을 맞잡고
강강술래 돌고 노래하지

우리 마을 한 바퀴
사뿐사뿐 돌고 나서
너희 마을 한 바퀴
나긋나긋 함께 돌아

이 골짜기를 따라서
바람이 시원히 휘돌고
이 시냇물살을 타고서
물고기가 가볍게 감돌며 놀아

돌다 : 동그랗게 움직이기에 **돌다**이고, 어느 곳에서 차근차근 나아가거나,
제대로 움직이거나, 가던 길을 바꾸거나, 굳이 멀리 갈 적에도 **돌다**예요.

두다

길냥이를 처마 밑에 두고 돌봐
누런쌀에 밤알 두어 아침 짓고
빈 자리를 두고 너를 기다려
함께 뜻을 둘 길을 찾고 싶어

짐은 집에 두고 가자
몸을 따뜻이 두면서 쉬자
걱정거리에 마음 두지 말고
며칠 두고 더 기다리렴

그 일은 한동안 두어도 돼
동무를 하나 둬도 여럿 둬도 돼
큰길을 두고 샛길로 가도 돼
다만, 하나를 두고 다투지 말자

가끔은 그대로 두어 볼까
찻길이라면 멀리 틈을 두고 싶어
군더더기는 저기에 두고 갈까
숲 한복판에 놀이터 둘래

두다 : 어느 곳에 있도록 하기에 **두다**예요. 안 가져가고 남긴다거나, 무엇을 섞는다거나, 마음에 있도록 하거나, 얼마 동안 거칠 적에도 써요.

두레

내가 마시는 물은
내가 먹는 밥은
내가 누리는 바람은
내가 사는 집은

벌레 새 물고기 짐승 개구리
풀 나무 돌 꽃 흙 모래
여기에 하늘 해 비 별
모두 어우러져서 태어나

내가 읽는 책도
내가 쓰는 연필도
내가 입는 옷도
모두 이와 같을 테지

다 함께 마음을 모아
서로서로 뜻을 모두어
싹싹하면서 다부진 손길로
한마당 한숲 한사랑 되는 두레야

두레 : 혼자서는 힘들다 싶은 일이기에 여럿이 힘을 모아서 하려는 모임을
두레라 해요. 서로 돕거나 함께 하려는 모임을 가리킬 수도 있어요.

둘둘

바람이 차고 매서운 날
아기 춥지 말라고
보들보들 넉넉한 천으로
돌돌 감싸서 안은 아버지

뒤뜰 꽃밭 텃밭서 훑고는
아홉벌 닦은 쑥잎을
할아버지한테 보내려고
유리병에 담아 둘둘 싸는 어머니

따뜻하라고 목도리 두르고
고우려고 꽃치마 둘러
두루두루 꽃내음 퍼지고
고루고루 물줄기 뻗고

잠자리는 꿈자리
그러나 때로는 놀이자리
이불에 둘둘둘 말면서
몸을 돌돌돌 구르는 김밥놀이

둘둘 : 크고 둥근 것이 가볍게 구르거나 움직여서 **둘둘**이고, 둥글게 말 적에
도 써요. **둘둘**보다 작은 말로 '돌돌'이 있어요.

76

뒤로!

우리 마을에는
차가 거의 없어요
시골버스는 두 시간에 하나
조용히 지나가요

아버지 손을 잡고
마을논을 한 바퀴 빙
크게 돈 다음에
집으로 돌아올 적에

이 너른 마을길에서
뒤로! 뒤로! 뒤로!
사뿐 사뿐 사뿐
걸음질 하며 놀아요

그러면 동생은
앞으로! 앞으로! 앞으로!
껑충 껑충 껑충
뜀박질 하며 놀고요

뒤 : 바라보지 않는 쪽이 **뒤**인데, 등이 있는 쪽이라고도 할 만해요. 다른 일
을 하고서, 안 보이는 곳, 끝에 이르는 곳도 **뒤**예요.

듣다

손바닥 너비만 한
작은 풀밭에 앉아
구월을 노래하는 풀벌레
이야기를 들어

시외버스가 달리는 창밖
어두운 시골 숲에 깃들어
이 저녁을 꿈꾸는 멧새
보금자리를 들어

먼 곳에 계신
할머니 할아버지가 텃밭서
한 톨 두 톨 콩알 거두는
손놀림을 들어

그림책에 흐르는
물빛그림마다 춤추는
아름다운 이웃들 어우러지는
웃음짓을 들어

듣다 : 소리를 느끼거나 알기에 **듣다**예요. 말을 받아들이거나, 기계가 잘 움직이거나, 꾸짖는 말이 우리한테 올 적에도 **듣다**이지요.

따스하다

봄이지만 바람 차고 세서
손발이 떨리더라
네가 끓여 준
보리물 한 잔 따뜻해

여름에도 밤이면
시골에서는 선선하지
네가 챙겨 준
긴소매옷 따스해

가을잎 비처럼 떨어지고
스산한 저녁에
모깃불 피우고 둘러앉아
이야기꽃 펴니 따사롭다

겨울눈 소복소복 쌓여
눈사람 굴리며 논 하루
옷 갈아입고 만두국 먹고
자리에 누우니 포근하다

따스하다 : 지내기에 퍽 알맞다 싶은 날씨라서 **따스하다**예요. 마음이나 느낌
이 보드랍고 넉넉하면서 좋을 적에도 **따스하다**이지요.

땅

땅밑으로 뿌리가 뻗고
어두우며 조용한 터 이뤄
폭신히 안겨 자고픈 쉬고픈
풀벌레 작은짐승 깃들어

해가 비추는 땅으로
줄기 오르고 잎 돋으며 밝아
푸르게 자라고픈 놀고픈
새 큰짐승 누비며 어울려

바다하고 가까운 뭍에
갯벌 모래벌 넉넉하고
바다 한복판 섬에
뱃노래 갈매기노래 가득해

두 팔로 땅 짚는 물구나무
두 발로 땅 박차는 뜀뛰기
얼굴 시뻘개지도록 내달려
땀이 방울져 날리도록 씽씽

땅 : 물이 있는 곳을 뺀 자리는 **땅**이고, 바다 아닌 곳은 '뭍'이지요. 살아가는 곳도, 살림을 꾸릴 만한 곳도, 논이나 밭이나 흙도 **땅**이라 합니다.

똑똑하다

흐린 하늘만 봤어
내가 나고 자란 이곳
자동차 넘쳐 매캐하고
잿빛 집 빽빽하거든

낮도 어둡다며
불을 켜는 데 많아
해가 환한지 모르겠어
하늘이 참말 파랄까

서울에서만 살면
시골에 가 보지 않으면
너른 들에 서 보지 않고
깊은 숲에 있어 보지 않으면

또렷이 맑고
뚜렷이 환하게
똑똑히 새파랗고
틀림없이 탁 트인 하늘을 몰라

똑똑하다 : 눈앞에 그리듯이 하나하나 드러나기에 **똑똑하다**요. 이처럼 무엇
이든 제대로 가리거나 알거나 살피기에 **똑똑하다**입니다.

뜰

우리 집 뜰에는
겨울 들머리까지도
작은 풀개구리가 같이 살고
억새도 씨앗 날려 함께 살아

이웃에 있는 옆뜰에는
가을마다 온갖 새가 찾는
우람한 감나무에
잘 익은 감알이 주렁주렁

할머니네 뒤뜰에는
닭우리에 호박밭에 꽃밭에
아기자기 가지런하면서
으름덩굴 울타리도 있어

너희 집 앞뜰에는
누가 같이 사니?
어떤 나무가 있니?
무슨 꽃이랑 풀이 흐드러지니?

뜰 : 집에 함께 있는 땅 가운데 꽃이나 남새나 나무를 심어서 기르는 자리
가 **뜰**이에요.

띄우다

바람이 불기에
가랑잎을 띄우려고
마당에 나가
두 팔을 번쩍

가랑잎에는
파란 물감을 풀어서
붓으로 천천히
글월을 썼지

할머니한테 이모한테 조카한테
잘 있나요?
놀러 와요!
띄우고 싶은 말

이 가을에
숲빛 곱고
들빛 맑고
하늘빛 멋져요

띄우다 : 글을 써서 누가 받을 수 있도록 가게 하거나, 물에 얹어서 흘러서
가도록 하거나, 하늘에서 날아서 가도록 하는 일이 **띄우다**예요.

라

너를 보아라
나를 생각하라
우리를 만나라
함께 노래하라

시키는 말씨 같은 라
스스로 느끼자는 라
망설이지 말고 해 보라
서두르지 말고 느긋하라

갈 테면 가라
오고 싶음 와라
즐겁게 보살피라
포근히 안으라

톡톡 내뱉는 라일까
바로 움직이라는 라인가
혼자가 아니라
같이 하자는 라일는지 몰라

라 : 시키려는 뜻을 나타내려고 말끝에 붙이고, 어떤 까닭을 나타내려고 말
끝에 붙이는 **라**는 '라랄라' 노래하는 느낌처럼 밝은 말씨입니다.

랍다

옆구리 살살 건드리니
간지랍다
너도 간지람 먹고 싶은갑다
즐겁게 받으라

뒤에서 등을 퍽
놀랍다
너도 놀래켜 줘야겠네
기쁘게 받으렴

갓 깨어난 작은 무당벌레
보드랍다
내 손가락이 풀인 줄 알고
쪽쪽 빨기까지 하네

랍다
하루가 랍고, 봄이 랍다
라온 하루가 새롭고
신나는 봄이 아리따웁다

랍다 : '즐겁다'를 가리키는 옛말로 **랍다**(라온)가 있고, '놀랍다, 보드랍다'처
럼 말끝에 붙어요. '간지럽다·간지랍다'로 쓰며 크고작은 느낌을 담아요.

래도

누가 뭐래도
우리 언니가 나한테 으뜸이고
네가 뭐래도
우리 동생이 참 사랑스러워

남들은 그래 말하지만
난 다르게 생각해
네가 그래 여기지만
우린 새길을 가고 싶어

그래도 그래도 그래도
그 말은 그만 하자
이래도 이래도 이래도
이리 하겠느냐 따지지 말아

나는 꿈을 생각해
남들한테는 저래 보인다는데
나한테는 저렇게 눈부시거든
저 바람 맞으며 제대로 날고파

래도 : '그래도·이래도·저래도'처럼 **래도**를 붙여서, 앞말을 받아들이기는
해도 다르게 여기고 싶은 마음을 나타냅니다.

래서

배가 몹시 고팠는데
아주 졸립기도 했는데
그래서
밥을 먹다가 꾸벅꾸벅

뭘 떴는지
뭘 먹었는지
그래서
배는 빵빵하게 불렀는데

숟가락을 쥐었는지
젓가락을 잡았는지
그래서
냠냠 짭짭 즐겼는데

하나도 안 떠오르는데
문득 눈을 뜨니 이부자리네
그래서
달게 잤는데 어느새 또 꼬로 꼬르륵

래서 : '그래서·이래서·저래서'처럼 **래서**를 붙이면, 앞에서 어떤 일이 있었기에 곧이어 어떤 일이 있거나 어떤 마음이라고 하는 뜻을 나타내요.

러나

마을 앞 빨래터랑 샘터는
오랫동안 빨래하고 물 긷던 터
그러나
이제는 조용히 물풀 물이끼 낀다

딸기꽃 딸기알 지고
앵두꽃 앵두알 졌다
그러나
무화과알 살구알 알알이 굵는다

비바람 몰아치고
벼락까지 우르릉 콰르릉
그러나
모두 그치니 환히 갠 하늘

물풀 걷어내어 말끔한 빨래터
철마다 새로 익는 열매
하늘은 언제나 파란 물빛
겉모습 바뀌어도 속살은 같아

러나 : '그러나·이러나·저러나'처럼 러나를 붙일 적에는, 앞에서 어떤 일이
있어도 이다음에는 다른 일이 있다고 하는 뜻이나 느낌을 나타내요.

렇다

둥그렇게 모여 앉아
누렇게 잘 익은
아니, 노랗게 잘 익은
참외를 와삭 먹어

아무렇게나 벌렁 누워
퍼렇게 높은
아냐, 파랗게 맑고 높은
저 하늘을 바라봐

이 구름은 이렇게 곱다랗고
저 구름은 저렇게 기다랗고
그 구름은 그렇게 머다랗고
요 구름은 요렇게 가느다랗네

하늘처럼 파랗게 일렁이는
물결을 타고 놀라치면
쪽빛처럼 시퍼렇게 깊은
바닷속으로도 헤엄치고 싶다

렇다 : **렇다**는 따로 사전에 오르는 낱말은 아니고, 바라보거나 겪는 느낌을
렇다로는 크거나 세게, **랗다**로는 작거나 여리게 나타내요.

롭다

언제나 새롭게 맞는 날
어제하고 같은 오늘이 없고
오늘이랑 같은 모레가 없어
언제나 처음이면서 새롭지

서로 슬기롭게 나누는 말
살랑이듯 부는 바람님 말
산뜻하게 내리는 비님 말
싱그러이 퍼지는 해님 말

퍽 괴롭지만 버티는 힘
아귀에 힘을 주고
다리에 힘을 싣고
온눈에 힘을 쏟아

가끔 외로워도 그리워하는 마음
더러 글월을 써서 띄워
곧잘 나무에 올라 멀리 봐
때로 전화를 걸어 얘기하지

롭다 : 어떤 낱말에 붙어 그와 같다는 느낌을 나타내도록 **롭다**를 붙여요.
'새**롭다**'이고 '평화**롭다**'이고 '슬기**롭다**'이며 '자유**롭다**'예요.

름

눈내리고 추운 날 고드름
땡볕 무더운 여름
사뿐히 앉고픈 구름
누나하고 즐겁게 심부름

제주섬 곳곳에 오름
사랑스레 안고 싶어 한아름
잘 간수하지 못해 허름
달걀을 부치려고 기름

무언가 괴로우니 시름
수수께끼 못 풀어 모름
나는 나답게 내 나름
너랑 나는 재미나게 다름

택시를 타려고 부름
시원하고 줄기찬 흐름
갓 심은 나락이 사름
우리는 한결같이 푸름

름 : '口'이나 '름'으로 끝맺으면서 이름씨 모습이 되어요. 흐르기에 **흐름**이
되고, 푸르기에 **푸름**이 되며, 오르기에 **오름**이 됩니다.

리 1

내가 뭘 하리
네 곁에 있으리
서로 동무하리
이제 달려가리

묻는 말결 같은 리
뜻을 품은 듯한 리
씩씩하게 해 보리
이루고 싶어 나서리

네가 그러면 난 어쩌리
나도 모르니 넌 알리
그래도 찾으려고 이리저리
아무튼 나서면서 요리조리

혼잣말인 리일까
다짐을 하는 리인가
상냥한 어른이 되리
우람한 나무로 우뚝 서리

리 1. 혼자 하는 말처럼 쓸 적에 **리**를 말끝에 붙여요. 어떻게 될 듯하다는, 어떻게 하겠다는, 어떻게 생각하느냐는 마음을 나타내요.

리 2

꽃을 달아 꽃머리
마을로 가는 들머리
알고 싶으니 실마리
곱게 피어난 고마리

신나게 주고받는 목소리
우리 함께 동아리
어미새 새끼새 둥우리
겨우내 꿈꾸는 몽우리

새는 꽁지 짐승은 꼬리
동그란 꽈리 구르는 고리
병아리보다 샛노란 꾀꼬리
이리 날아오렴 겨울오리

바지 끝 풀린 실오리
엉덩이 걸친 가장자리
허리에 꼭 맞는 저고리
즐거운 우리 집은 보금자리

리 2 : 둘레를 살펴봐요. **리**로 끝맺는 낱말이 꽤 많답니다. **우리**도 **피리**도 **꽈리**도 **파리**도 **수리**도 **소리**도 **리**로 끝맺으니 끝말찾기 놀이를 해봐요.

리고

바람이 불어 나뭇잎 흔든다
비가 오며 땅이 젖는다
그리고
구름이 짙어 날이 어둡다

밭에서 당근을 뽑는다
흙을 슥슥 씻어 준다
그리고
날당근을 와삭와삭 깨물어 먹는다

할머니한테 쪽애기 적어 띄운다
할아버지한테 글줄 써서 보낸다
그리고
마실 가면 우리 집 나무한테 글월 날리지

물감그림을 그린다
연필그림을 그린다
그리고 그리고
마음에 피어날 꿈을 그린다

리고 : '그리고'로 쓰는 **리고**는 나란히 이을 적에 쓰는 말이에요. 여기에 있으니 저기로도 나란히 이어가는 모습이나 흐름을 나타냅니다.

마시다

어머니가 차 한 잔
마시려고 물 끓이면
나도 찻잔 챙겨서
나란히 마신다

언니가 마당에서 달리며
시원한 바람 마시면
나도 마당으로 달려나가
같이 마셔

동무랑 신나게 놀며
땀 잔뜩 쏟고 나면
샘터로 가서 벌컥벌컥
쉬잖고 들이켜

구름이 곱네
햇볕은 따뜻해
잠자리도 제비도
산들바람 함께 마시며 좋아

마시다 : 물이나 바람이나 냄새를 몸으로 받아들이기에 **마시다**라고 해요. 잔
뜩 마실 적에는 '들이켜다' 같은 말을 써요.

마을

구름이 사는 마을에
뭉게구름 깃털구름 매지구름
모두 어우러져
우리 마을에 햇발 퍼져

메뚜기 사는 마을에
방아깨비 노린재 사마귀
사이좋게 나란히
우리 뒤꼍에 노래 흘러

종달새 사는 마을에
솔개 꿩 꾀꼬리 올빼미
두런두런 모여서
우리 앞골에 이야기 있어

동무 사는 마을에
텃밭 감나무 꽃그릇
가지런히 예쁘니
우리 골목에 이웃마실 사뿐걸음

마을 : 살림을 짓는 집이 하나하나 생기다 보면 어느새 **마을**을 이룬답니다.
여러 집이 모인 곳이요, 여러 집이 모여 서로 드나드는 **마을**이에요.

마음

무엇이든 담을 수 있지만
아무것이나 안 담고
가장 기쁜 생각을 골라
가만히 담는 마음

어떻게든 그릴 수 있는데
아무렇게나 안 그리고
더없이 즐거운 길을 골라
찬찬히 그리는 마음

마음밭에 씨앗 심자
마음그릇에 열매 두자
마음자락에 옷 입히자
마음숲에 바람 일으키자

주고받으며 상냥한 마음
나누며 자라는 마음
아끼면서 너른 마음
너랑 나 사이에 푸른 마음

마음 : 몸을 움직이는 목숨한테는 **마음**이라는 자리가 있어요. 생각을 하고
꿈을 키우며 사랑을 나누고 느끼는 이 모두가 담기는 곳이 **마음**이에요.

99

막상

내가 앉으려던 자리에
네가 앉고 싶다 해서
"자, 네가 바라는 대로." 하니
막상 다른 곳으로 가네

내가 읽으려는 책을
네가 읽고 싶다 하기에
"그럼, 너 먼저 읽어." 하는데
정작 다른 책 집네

내가 가려는 길을
너도 가고 싶다 하니
"우리, 함께 가자." 하는데
뜻밖에 고개 홱 젓네

내가 하려는 놀이를
너도 하고 싶다 하고
"좋아, 같이 하자." 하니
이제야 생글생글 "그러자!" 하는구나

막상 : 어느 때가 바로 앞에 있기에 **막상**이에요. 어떻게 할 수 있는 때가 된,
무엇을 하려고 하는 바로 그때가 **막상**이랍니다.

말

숲이 되기까기
나무 한 그루 있고
나무 한 그루 서기까지
씨앗 한 톨 있어

나무씨앗 자라기까지
흙을 북돋우는 너른 풀
풀벌레 햇볕 바람 빗물
골고루 어우러지지

우리가 쓰는 모든 말은
바로 이 숲에서
하나씩 곱게 태어나고
새롭게 마음에 깃들어

즐거운 생각으로 피어나고
날갯짓 꿈으로 퍼지고
따스한 사랑으로 나누고
참한 살림으로 짓지

말 : 살아가면서 마음에 담는 생각이나 느낌을 귀로 알아듣고 입으로 들려
줄 수 있도록 빚은 소리가 **말**이에요. 생각이 깃든 소리가 **말**이지요.

말하다

마음에 꼭 담아서
두고두고 보듬은 생각을
가만히 건네려고
너한테 말한다

책을 읽다가 본
눈을 번쩍 뜨게 하는
놀라운 이야기를 새기려고
네게 말한다

아침마다 떠올리고
언제나 돌아보며
잠자리에서 포근히 품는 꿈을
스스로 새로 말한다

낮말은 새랑 나무랑 꽃이 듣고
밤말은 쥐랑 별이랑 하늘이 듣고
오순도순 나누는 말은
우리 모두 즐거이 듣는다

말하다 : 살아가면서 마음에 담는 생각이나 느낌을 귀로 알아들을 수 있도록 입으로 들려주기에 **말하다**라고 해요.

맑다

밤새 잔뜩 흐리고
별 한 송이 안 보이더니
아침이 밝으니
오늘은 눈부시게 맑은 날

싫거나 미운 마음
궂거나 모난 생각
서운하거나 꺼리는 느낌
한꺼풀씩 벗겨 맑은 숨

파란 하늘이 안은
몽실몽실 구름더미는
싱그러이 빗방울 베풀어
내에 마을에 숲에 맑은 물

붓을 쥔 손에
찬찬히 힘을 주어
한 줄 두 무늬 빚으면
어느새 태어나는 맑은 빛

맑다 : 아무것도 안 섞이기에 **맑다**예요. 안 섞였으니 안 더럽겠지요? 마음도
하늘도 소리도 살림도 티없이 좋기에 **맑다**입니다.

맡다

내가 맡아서 할 일을
가만히 헤아리는 아침에
고양이밥 맡아 놓고 챙기며
이부자리 말끔히 개요

내가 건사하기 힘들면
어머니가 맡아서 돌보고
내가 잘했는지 못했는지
아버지가 고이 맡아 줍니다

동생이랑 미루나무 그늘을 맡는데
나무그늘에 벌렁 누워
싱그러이 잎내음 맡다가
곧 가을이라는 숨결도 맡아요

백 살 오백 살 넘어도
졸업장을 맡지 않는 나무는
상큼한 바람을 바랄 적마다
기꺼이 내 바람 맡아 주지요

맡다 : 어떤 일을 하겠다고 나서기에 **맡다**예요. 어떤 것을 잘 둘 적에도 **맡다**
이고, 어느 자리를 우리 것이 되도록 할 적에도 **맡다**랍니다.

맵다

아주 매우면
후후 하하 너무 얼얼한데
살짝 매우면
꽤 맛있어

배추김치 무김치 오이김치
김치부침개 김치볶음밥 김치찌개
무말랭이 오징어젓 동치미
햇볕 빨갛게 머금은 고추맛

우리는 키 작고 몸 작고
팔다리 주먹 다 작아
그렇지만 얕보지 말아요
작은 고추가 매운걸요

야무진 말씨에 맵찬 몸짓
다부진 눈빛에 물찬 날갯짓
똘망한 얼굴에 당찬 걸음
씩씩한 마음에 올찬 생각

맵다 : 혀를 아프게 하는 맛이기에 **맵다**이고, 날씨가 춥거나 마음이 모질 적에 **맵다**고도 하는데, 일을 씩씩하게 잘할 적에도 **맵다**고 해요.

머무르다

나비가 사뿐히 내려앉아
꿀을 먹으려고 머무는 꽃에
내 눈길도 나란히
머물러요

개구리가 깨어나 노래하고
짝을 지으려고 머무는 들에
내 귀도 즐겁게
머무르지

다람쥐가 폴짝폴짝 뛰어와
감알 갉으려고 머무는 나무에
나도 올라타서 감을 따고
머무른다

먼 데 사는 동무가 찾아와
우리 집에 며칠 머무니
반가운 마음이 흰구름처럼
머무르네

머무르다 : 어디에 어느 만큼 있을 적에 **머무르다**라고 해요. 줄여서 '머물다'
라고도 하지요.

먹다

물들여 두르려 했는데
빛깔이 잘 안 먹어
좀 흐리터분한 목도리
그래도 누나는 참 곱대

갖은 양념 버무려 담갔는데
어쩐지 다들 안 먹어
잔뜩 남은 배추김치
그래도 아버지는 씩씩히 부침개

그렇게 거듭 말했는데
귀를 먹었는지
엉뚱하게 대꾸하는 몸짓
그래도 나는 상냥히 다시 말해

한 살 열 살 스무 살
ㄴ아이를 먹는 해가 쌓이면
우리는 얼마나 야무지고 튼튼히
우리 길을 가꾸는 어른 될까

먹다 : 밥이나 물을 입을 거쳐 몸에 넣기에 **먹다**예요. 어떤 마음이 되겠다고
생각하거나, 나이가 늘거나, 종이가 물을 빨아들일 적에도 **먹다**이지요.

멀다

개미한테는 멀지만
고양이한테는 가까운
우뚝 선 나무 오르기
이웃집 마실하기

벌한테는 멀디먼데
제비한테는 가까운
바다를 가로지르기
구름 곁에서 놀기

걸어가자면 아득하지만
바람수레로 달리니 가깝네
뒷산으로 다녀오기
바닷가 나들이하기

길그림 보니 까마득하더니
누리그물 켜니 바로 곁이야
나라 너머 이웃 되기
먼먼 별하고 동무하기

멀다 : 사이가 길게 떨어질 적에 **멀다**라고 해요. 사이가 꽤 떨어지면 '멀치
감치' 같은 말을 씁니다.

못

처음에는 젓가락커녕
숟가락도 못 쥐던 네 손이지만
어느새 수저뿐 아니라
국자 뒤집개 수세미 솔 다 쥐어

예전에는 자전거 발판질은커녕
올라서지도 못 하던 내 발이지만
이제는 다부지게 잘 구르고
신도 혼자 깨끗이 잘 빨지

어제까지는 휘파람은커녕
피리도 못 불던 우리 입술이지만
오늘은 살짝 고운 가락 되고
휘휘 소리도 조금 나와

한동안 못 하거나
한때 안 될 수 있겠지만
날마다 꾸준히 새로 하고 보면
천천히 환하게 피어나는가 봐

못 : **무**이란 말을 앞에 넣어서 어떤 일이나 몸짓하고는 멀다고, 그렇게 하지
않거나 되지 않는다는 느낌을 나타내요.

몽땅

마흔 해 가까이
줄기를 뭉텅 잘리면서
해마다 끙끙 앓던
나무 한 그루 있어

이 나무는
해마다 새 줄기랑 가지를
늘 씩씩하게 내놓았지만
노상 모두 잘리고 말았지

그토록 잘리면서 투덜댄 날 없었고
씩씩하게 거듭 피어나려는 꿈 품었어
몽땅 빼앗아가는 듯하지만
아무것도 빼앗을 수 없어

이 나무는
이제 줄기치기 안 겪어
마흔 해 만에 새 줄기
무럭무럭 굵으며 우람하게 서지

몽땅 : 있는 대로 하나도 안 남기고 모으기에 **몽땅**이라고 해요. 빠지지 않도
록 모으면 '모두'예요.

110

묵다

묵은절을 주거니 받거니
한 해를 마무르면서
새로 첫날 여는
하루

묵은쌀로 떡을 찌고
햅쌀로 밥을 짓고
묵나물로 국을 하고
햇나물로 곁밥 삼지

케케묵은 말은 싫어
낡은 생각도 싫어
고리타분한 짓 더 싫어
그만 하렴

해묵은 마음 풀고
이제부터 다시 하고
앙금은 없애며
사이좋게 지내자

묵다 : 어느 때를 지나서 오래되었구나 싶을 적에 **묵다**라고 해요. 쓸 만한
때를 지났다거나, 좋거나 맑은 때를 지났을 적에 **묵다**를 써요.

물

숲이 마시고
들이 마시는
골짝물은
숲짐승 멧새도 마셔

붓꽃이 마시고
감나무가 마시는
빗물은
풀잎도 풀벌레도 마셔

할매가 마시고
내가 마시는
시냇물은
송사리도 들꽃도 마셔

벼가 마시고
가재가 마시는
도랑물은
미꾸라지도 다슬기도 마셔

물 : 우리 몸을 비롯해서 목숨이 있는 것은 **물**로 이루어졌다고 해요. 바다도
내도 비도 이슬도 모두 **물**이지요. 마시는 것이란 **물**이랍니다.

물씬

개똥을 밟았더니
신바닥부터 확 올라오는
개똥 냄새 풀풀
물로 신을 헹궈야겠네

소나무숲은 소나무 냄새 가득
잣나무숲은 온통 잣나무 냄새
대나무숲은 대나무 냄새 넘치고
밤나무숲은 오롯이 밤나무 냄새

할머니를 안을 적에
동생을 안을 적에
어머니를 안을 적에
저마다 고운 냄새 물씬

해가 뜨는 아침은 어떤 냄새?
해가 지는 저녁은 무슨 냄새?
귀를 기울여 소리를 듣듯
코를 킁킁 갖은 냄새 느낀다

물씬 : 매우 짙거나 크게 냄새나 느낌이나 기운이 확 있거나 퍼질 적에 **물씬**
이라고 해요.

밉다

미운 아이한테 왜
떡 하나 더 줄까
고운 아이한테
떡 둘 더 주고픈데

샘나는 아이한테 왜
좋은 일 더 생길까
나한테는 말이지
아직 좋은 일 없는데

어머니가 빙그레 웃네
떡 얻으려고 미운 짓 할래?
샘을 하는데 좋은 일 있을까?
미움에는 미움 씨앗이 생겨

그러니까
미움을 사랑으로 달래는 떡이야
샘내기보다 기뻐해 보렴
좋은 일 바란다면 사랑을 심자

밉다 : 보거나 듣거나 겪거나 함께하고 싶지 않을 적에 **밉**다고 해요. 보거나 듣기에 안 예쁠 적에, 빈틈없이 훌륭해 오히려 멀리할 때도 **밉다**예요.

바늘

설거지하는 수세미가 다 닳아
뜨개질을 하려고
빛깔 고운 실 고르고
내 손에 맞는 바늘 찾는다

어머니한테서 배운 대로
한 코씩 잡는다
예전 수세미는 꽃이었으니
새 수세미는 별로 할까

한 벌 다 뜨고 나서
기지개
동생하고 한 벌씩 더 뜨고
허리 펴고 마루에 눕기

설에
이모하고 할머니하고 큰아버지한테
내가 뜬 수세미를
하나씩 드려야지

바늘 : 실을 꿰어 천을 짜거나 엮는다든지 옷을 지으려고 쓰는, 가늘고 길쭉하면서 끝이 뾰족한 **바늘**이고, 눈금을 가리키는 **바늘**도 있어요.

바라다

하늘을 바라보면서 바라요
무지개를 찾으면서 바라요
구름 사이에 숨은 낮달
가만히 바라보며 바라요

오늘은 상냥하게 말 걸자고
이제부터 심부름 잘 하자고
앞으로는 마음껏 노래 부르자고
언제나 활짝 웃음을 짓자고

곱게 바랍니다
고요히 바랍니다
참말로 두 손 모아
넉넉하려는 마음으로

나를 바라며 낳은 어머니
나를 바라보며 돌보는 아버지
즐거움을 바라며 웃는 할머니
우리 모두 흐뭇이 바라보는 할아버지

바라다 : 어떻게 되거나 이루어졌으면 하고 생각하기에 **바라다**예요. 무엇을 얻으면 좋겠다고 생각할 적에도 **바라다**이지요.

바리바리

손에 허리에 어깨에 등에
바리바리 들고 얹고 지는 짐
어디까지 가려는
먼 길일까

눈에 귀에 머리에 마음에
가득가득 담고 듣고 넣는 얘기
무엇을 알려는
오늘 몸짓일까

아침에 낮에 저녁에 밤에
새록새록 짓고 엮고 짜는 살림
어떻게 살려는
새로운 하루일까

하늘에 들에 숲에 내에
차근차근 흐르고 깃들고 퍼지는 바람
누구한테 찾아가려는
싱그러운 사랑일까

바리바리 : 이 짐 저 짐 많이 움직이려고 할 적에 **바리바리** 싸거나 꾸리거나
든다고 해요.

118

바심

여름을 맞이하며 심은
콩 깨 조
가을을 맞이하며 베어
마당 길 체그릇에 널지

새벽이슬 지나 펴고
저녁해 가실 즈음 걷으며
따뜻한 볕 듬뿍 먹어
잘 마르도록 해바라기

콩줄기 깻줄기 조줄기 누래지고
꼬투리까지 바짝 마르면
작대기 홍두깨 도리깨 다 불러
신나게 바심질

서두르면 힘들다
바삐 하자면 끝없다
콩바심 깨바심 조바심
모두 느긋하게 하자

바심 : 콩·깨·조 벼에서 낟알을 떨어서 거두려고 하는 일이 **바심**이에요.
'조바심'은 조를 떠는 일인데, 서두르거나 걱정하는 마음도 나타내요.

반갑다

어서 오렴 이쁜 봄
네 목소리는
늘 참하면서 밝네
반갑다

다시 오렴 시원한 여름
네 춤사위는
오늘도 산뜻하면서 빛나
참 반갑다

새로 오렴 환한 가을
네 웃음짓은
온누리에 주렁주렁 알차구나
아주 반갑다

고이 오렴 눈부신 겨울
네 발걸음은
이 별에 달콤한 꿈이야
더없이 반갑다

반갑다 : 보고픈 사람을 볼 적에, 만나고 싶어서 마음으로 그리던 사람을 만날 적에, 즐겁거나 기뻐서 **반갑다**라고 해요.

반짝

새벽에는 동이 트면서
하늘이 차츰 파랗게 물들어
모두 숨죽이며 쉬는데
별 하나 유난히 반짝이네

새벽에 풀밭 걸으면
풀잎마다 가지런히 붙고
거미줄에도 아기자기 붙은
이슬방울 시원스레 반짝여

새벽 일찍 눈떠서
마당을 한 바퀴 두 바퀴
물 한 모금 마시며 기지개
눈빛 반짝거리며 하루 열지

새벽맞이 햇살은
한가을에도 환하면서 따뜻해
온 열매가 무르익는다
반짝반짝 눈부신 들판이 물결쳐

반짝 : 빛이 나타났다가 살짝 사라지는 **반짝**이에요. 마음이 갑자기 맑을 적에, 어떤 생각이 갑자기 떠오를 적에, 뭔가 빨리 없어질 적에도 써요.

받다

뽕나무 밑에 누워 오디를 받아 먹자
풀밭에 앉아 햇빛을 받아 볼까
두 손으로 빗물 받아 마시고
별님한테서 귀여움 듬뿍 받지

벌한테서 꿀모으기 가르침 받고
아버지한테서 곱게 이름 받으며
늘 기쁨 받고 새로 짓다 보면
서로 노래를 띄우고 받으며 놀아

어리광 잘 받아 주시는 할머니
전화 상냥히 받는 할아버지
일삯 받아 살림 일구는 어머니
던지는 공 척척 받는 누나

봄 쪽글 띄우고 여름 글월 받네
우리 마음에 꼭 받는 말이 있어
물 받아 낯 씻고 손님 받아 모시지
가을에는 씨앗 받아서 갈무리

받다 : 누가 보내거나 건네기에 나한테 있도록 하는 **받다**예요. 선물을 받고,
공을 받지요. 햇빛을 받고, 점수도 어리광도 받아요.

발

오래오래 걸어도
풀밭길은 발이 보송보송
숲길은 발이 푸릇푸릇
냇물길은 발이 시원시원

살짝살짝 걷지만
시멘트길은 발이 따끔따끔
아스팔트길은 발이 뜨끈뜨끈
서울에서는 맨발이 힘들어

우리 발은
어느 길을 좋아할까
어떤 길바닥을 반길까
어디에서 기운이 날까

발바닥을 주무른디
발가락 하나하나 어루만진다
오늘 하루도
씩씩히 걸어 주어 고마워

발 : 땅을 밟으면서 걸을 수 있는, 몸이 설 수 있도록 버티는 **발**이에요. 몸을 가리키듯 책상이나 걸상에도 **발**이 있고, '걸음'을 **발**이라고도 해요.

밤

별이 돋는 밤
꿈을 짓는 밤
풀벌레 노래 깊은 밤
고요하며 차분한 밤

꽃이 피는 낮
뛰놀고 일하는 낮
숲마다 새노래 밝은 낮
싱그럽게 춤추는 낮

집으로 돌아가는 저녁
해님도 쉬려는 저녁
나비가 나무한테 깃드는 저녁
하품이 늘어지는 저녁

마당이 부산스러운 아침
구름이 하얀 아침
풀잎에 이슬 맑은 아침
팔다리 쭉쭉 뻗는 아침

밤 : 해가 지고 나서 어둠이 깔리고서 다시 해가 떠서 밝을 무렵까지를
밤이라고 해요. 해가 없이 어두운 때라서 어둠을 빗댈 적에도 썼어요.

벌렁

어디서 맛난 냄새
코를 벌렁벌렁
자꾸 킁킁킁
아, 군침 돈다

어디서 푸드득 소리
가슴이 벌렁
내쳐 두근두근
이야, 까투리 날아갔구나

어디서 시원한 바람
줄줄 흐르던 땀
어느새 다 식었네
마루에 벌러덩 드러눕자

어디서 반가운 동무
불쑥 찾아오니
벌떡 일어나 덥석 잡는 손
반짝 뜬 눈으로 기쁘게 안고 춤판

벌렁 : '벌러덩'을 줄인 **벌렁**은 팔이나 발을 활짝 벌려서 눕거나 뒤로 넘어지는 모습을 나타내요.

벗

모래알한테 벗은 물결
나무한테 벗은 풀꽃
구름한테 벗은 무지개
빗방울한테 벗은 조약돌

어머니는 우리 동무
아버지는 언니 동무
제비는 바람하고 동무
거미는 해님하고 동무

젓가락 곁에 숟가락
왼손 곁에 오른손
할머니 발자국 곁에
콩콩콩 아기 발자국

우리는 길벗이 될 수 있어
글벗도 말벗도 이야기벗도
책벗도 마음벗도 그네벗도
살림벗도 밥벗도 다 돼

벗 : 나이나 생각이 비슷한 '또래'요, 가까이에서 어울리며 지내는 '동무'이
고, 오랫동안 마음이나 뜻이 맞으면서 가까이 어울리는 **벗**이에요.

별

우리 집 개구쟁이
어느 별에서 왔나?
개굴개굴 노래하는
개구진 별에서 왔나

우리 집 꽃순이
어느 별에서 왔나?
꽃내음 물씬 나는
꽃별똥 타고 왔나

우리 집 장난꾸러기
어느 별에서 왔나?
꼬리별 타고 하늘 날며
신나게 놀러 왔나

우리 집 고운 아이
어느 별에서 왔나?
서로서로 사이좋은
사랑별에서 소꿉하러 왔나

별 : 우리가 밤하늘에서 볼 수 있는 반짝이는 **별**인데요. 온누리에 퍼져 어우러지는 **별**은 지구처럼 너른 삶터이기도 합니다. 지구도 해도 **별**이에요.

보다

물맛을 보면 골짜기가 떠오르고
네 눈을 보면 숲이 나타나고
책을 보면 길이 드러나고
아기를 보면 웃음이 피어나네

끝을 보아도 좋지만
넌지시 보아 넘겨도 좋고
돈을 보고 움직여도 좋지만
너를 보고 따라가도 좋아

오늘은 어디를 보러 갈까?
새로 해보고픈 일 있니?
넌 어떻게 보니?
나랑 다르게 보니?

별에 사는 이웃을 보고 싶다
넘어져도 흉은 보지 않아
집을 보면서 나무도 보지
우리는 마음을 보면서 사랑해

보다 : 눈으로 모습·빛깔·무늬를 알 적에 **보다**라고 해요. 누구를 눈앞에 둔
다든지, 맡아서 곁에 두거나, 맛을 느끼거나, 속을 살필 적에도 **보다**예요.

부드럽다

톡톡 쏘아붙이면
움찔 놀라고 말아
딱딱 자르려 하면
잔뜩 주눅이 들어

봄바람처럼 부드럽게
여름꽃처럼 환하게
가을무지개처럼 곱게
겨울눈처럼 푹신하게

조금 더 차근차근
소리를 낮추면서
나긋나긋 알려준다면
한결 나으리라 생각해

네 손길이 보드라운 줄
네 눈길이 밝은 줄
네 마음결이 이쁜 줄
우리 숨결이 따뜻한 줄 알아

부드럽다 : 닿기나 스칠 적에 거칠거나 뻣뻣하지 않은, 솜 같은 느낌일 적에
부드럽다예요. 둘레와 어우러진, 가루가 매우 잘면서 고른 모습이고요.

부르다

여기
이쪽 바위에 서면
이곳에서 크는 나무가
상냥하게 부르는 소리

저기
저녁 풀밭에 앉으면
저곳에서 자라는 들꽃이
다소곳이 부르는 소리

거기
그쯤 냇가에 가면
그곳에서 사는 다슬기 따라
반딧불이 부르는 소리

나는
우리 보금자리에서 활짝 피어
웃음빛을 부르려고
노래로 태어났어요

부르다 : 이름을 소리내어 나타내는 **부르다**이지요. 이쪽으로 오라고 부르고,
값이나 노래를 부르고, 즐겁게 외치는 소리도 **부르다**예요.

불다

호 불 적에
파르락거리다가 꺼지는 촛불
후후 부니까
화르륵거리면서 커지는 모닥불

바람이 불어서
춤을 추며 흐르는 구름
나풀거리며 절하는 가을 나락
쓸어도 자꾸 달아나는 가랑잎

땀을 식혀 준다면서
팔랑팔랑 날게 해 준다면서
나뭇잎 춤을 보여준다면서
살랑 설렁 휙 화락 부는 바람

풍선을 비눗방울을 불고
피리를 휘파람을 불고
입김을 불다가 바람개비를 지어
바람 부는 들판을 신바람 내며 달린다

불다 : 바람이 어느 곳으로 갈 적에 **불다**인데, 우리는 입으로 숨을 내보내며 불 수 있어요. 피리 같은 악기나 휘파람도 불지요.

불쑥

불현듯 찾아와서 한마디
나는 여름바람이란다
갑자기 다가와서 주절주절
나는 여름비란다

대뜸 고개 내밀면서 속닥속닥
나는 봄꽃이지
더럭 솟구치면서 몇 마디
나는 시원한 봄빛 샘물이야

번쩍 나타나더니 두런두런
나는 울긋불긋 가을잎
왈칵 쏟아지더니 노랫마디
나는 달콤달콤 가을 단감

벌컥 문을 열고 외친다
저기 함박눈 펑펑
불쑥 기운이 샘솟는다
그래 눈사람 굴리며 놀자

불쑥 : 미처 살피지 못했는데 불룩하게 나오거나 내미는 모습이 **불쑥**이고,
아직 헤아리지 못할 적에 나타나는 모습이나 생기는 마음도 나타내요.

비다

여기 앉아
같이 얘기하며 가자
여태 빈자리였어
딱 되었네

거들어도 될까
너 혼자 하려는 줄 알지만
내 손이 비었으니
조금쯤 힘이 될 수 있어

어서 오렴
저기 있는 빈그릇에
네가 좋아하는 대로 담아
먹으면 돼

오늘은 마냥 비어
아무도 안 만나고
하는 일도 놀이도 없어
가볍게 비우는 날

비다 : 어느 곳에 어떤 것도 없다고 할 적에 **비다**라고 해요. 손에 아무것도
없고, 할 일이 없는 때나, 뭔가 모자라구나 싶어도 **비다**랍니다.

빙글

제자리에서 맴돌며 놀기
빙글빙글 뱅글뱅글 재미있지만
어느새 눈앞이 빙빙
어지러워 바닥에 쿵

늦도록 잠을 미루고
바다에 들에 골짜기에
쉴틈없이 빙글빙글 몰아쳤더니
머리도 빙글 고뿔인가 봐

읽고 다시 읽지만
듣고 거듭 듣지만
어쩐지 아리송한 이야기는
머리를 비잉비잉 돌려야 알까?

다가서지 않고 살짝 떨어져서
빙그르르 나는 풀잠자리
이제 그만 빙글거리고
나랑 같이 싱글벙글 놀자

빙글 : 입을 슬며시 벌릴 듯 말 듯하면서 소리 없이 웃는 모습을 **빙글**이라
하는데, 부드럽게 도는 모습도 **빙글**이라 하지요.

빨다

벌 한 마리 날아와
손등에 앉더니
주둥이를 쭉 내밀어
뭔가 쪽쪽 빨다

나비 한 마리 날아와
팔뚝에 앉더니
똑같이 주둥이 살살 내밀어
뭔가 쪼옥 빨다

개미도 파리도 딱정벌레도
얼굴에 손가락에 다리에
살살 기어오르거나 날아와
자꾸 뭔가 빨다

아하
사탕 빨아 먹다가
손등으로 팔뚝으로 훔쳐서
다리에까지 단물 흘렸구나

빨다 : 입을 대고서 입으로 들어오도록 하는 **빨다**예요. '빨대'란 "빠는 대"
이지요. 입에 넣고 녹여도 **빨다**요. 뭔가 가져가려는 몸짓이기도 해요.

뿌옇다

냇물이 맑으면
두 손으로 떠서 마셔
빗물이 맑으면
맨몸으로 비놀이 즐겨

매캐한 곳이라면
입가리개 두툼해도 콜록
흐린 날씨라면
내 마음도 따라서 흐려

뿌옇게 안개 끼는
봄날 아침에
반가운 봄새 노랫소리
곳곳에서 울리네

마당일까 지붕일까
뒤꼍일까 숲정이일까
이 뿌연 안개 걷혀야
봄새 너를 찾겠구나

뿌옇다 : 하늘이 조금 허연 모습이 **뿌옇다**예요. 안개나 김이나 연기가 있을
적에 이처럼 조금 허연, 흐릿한 모습이지요.

사다

어머니, 어머니
오늘은 내가 살게
그동안 모은 돈 꽤 돼
내가 값을 치르면 어떨까?

무더운 한여름
내 더위 사렴!
된바람 한겨울
내 추위 가져가!

안 해도 좋을 텐데
굳이 사서 힘쓰고
일손이 모자란 이웃집은
일꾼을 사서 쓰고

우리는 서로 고운 마음을 사고
미움 살 일은 멀리하고
아름답게 높이 사는 살림살이
때로 부러움을 사는 멋진 춤 한 자락

사다 : 돈이나 값을 내고서 내 것으로 하려는 **사다**예요. 안 해도 좋을 일을
할 적에, 누구한테 어떤 마음이 있도록 하는 일도 **사다**로 나타내요.

사람

내가 되려는 사람은
하늘빛 그리는 사람
흙내음 맡고서 배부른 사람
풀잎 뜯어 피리 부는 사람

나무줄기 타고 노는 사람
냇물에 멱감으며 빨래하는 사람
감자를 삶아 나누는 사람
자장노래 부드러이 들려주는 사람

옛이야기 사근사근 읊는 사람
숲을 얼싸안는 사람
아기 업고 해바라기하는 사람
잠자리하고 수다 떠는 사람

꽃송이랑 웃으며 속삭이는 사람
날듯이 춤추며 걷는 사람
이웃별로 마실 다니는 사람
그리고 상냥한 사람

사람 : 손으로 짓고 다리로 걷고 입으로 생각을 말하고 밥·옷·집이라는 살림을 가꾸며 마을을 이룰 줄 알고 슬기롭게 사랑하기에 **사람**이에요.

사랑

우리는 말하지 않아요
우리는 살림을 하고
사랑을 하고 놀이를 하며
저절로 말이 태어나요

우리는 글쓰지 않아요
우리는 하루를 가꾸고
이야기를 가꾸고 사랑을 가꾸며
가만히 글이 자라요

우리는 밥먹지 않아요
우리는 흙을 짓고
사랑을 짓고 노래를 지으며
넉넉히 밥을 나눠요

우리는 잠들지 않아요
우리는 꿈을 품고
생각을 품고 사랑을 품으며
새롭게 눈떠서 날아요

사랑 : 무척 곱고 크며 깊고 넓고 따스하게 여기기에 **사랑**이요. 이렇게 마음을 쓰거나 돌볼 수 있기에 **사랑**이지요.

산들

가볍게 부는 바람은
산들
잎사귀 지나 내 몸을
부드럽고 산뜻이 어루만지고

슬며시 이는 바람은
선들선들
나뭇가지 거쳐 내 뺨을
시원하고 밝게 쓰다듬고

복사꽃 떨구는 바람은
한들
바지랑대 걸친 빨랫줄에
빨랫자락 보송보송 말리고

사마귀 날마다 앉는 결에
흔들흔들
달개비잎 한동안 춤추더니
풀밭에 잔바람 일어났다 가라앉네

산들 : 지내기 알맞을 만큼 바람이 가볍고 보드랍게 불 적에 **산들**이라고 해
요.

살

나는 여덟 살
까치발 하면 빨랫줄에 손이 닿아
옷가지도 옷걸이도 척척
널고 걷지

동생은 다섯 살
걸상 받쳐도 빨랫줄에 손 안 닿아
옷가지 옷걸이 하나도
못 널고 못 걷지

나는 내 옷도 어머니 옷도
차곡차곡 갤 수 있지만
동생은 제 옷도 아버지 옷도
아직 잘 못 개요

그렇지만
우리는 날마다
마을 한 바퀴
함께 달리며 놀아요

살 : 살아온 해를 셀 적에 **살**을 뒤에 넣어서 말해요. 한 해를 살아온 나이라
면 "한 **살**", 열 해를 살아온 나이라면 "열 **살**"이에요.

살다

바다 내 흙 숲
곳곳에서 피는 아지랑이
바람에 실려 구름 되어
빗방울로 돌아와

빗줄기는 풀 꽃 나무
고루 적시고 씻기면서
새롭게 바다 내 이루고
샘 우물이 되지

딱정벌레 지렁이 새 고양이
다 같이 물을 마시고
밥을 먹고 똥오줌 누며
살아

도란도란 모여서 살고
두런두런 꽃살림 나누고
소근소근 이야기로 살고
살랑살랑 사랑노래 나눠

살다 : 목숨을 이으며 오늘 여기에 있기에 **살다**라고 해요. 이런 모습처럼
"불꽃이 **살다**"나 "빛깔이 **살다**"나 "마음에 **살다**"나 "느낌이 **살다**"로 써요.

상냥하다

동생아 너 줄게
누나야 너 가져
상냥스레 오가는
너른 손길이 곱다

쇠딱따구리야 날개 쉬렴
들고양이야 밥 먹으렴
상냥하게 내미는
넉넉한 손이 어여쁘다

나무야 잘 잤니
꽃아 참 반가워
상냥웃음 한 마디
널리 손짓하며 아리땁네

기꺼이 나누고
언제나 함께하고
스스럼없이 활짝 열어
한상냥 한아름 한껏 예뻐

상냥하다 : 마치 산들바람과 같은 마음일 적에, 시원하도록 너그러우면서
부드러운 마음일 적에 **상냥하다**고 해요.

144

새로

머리가 따끈따끈하다 싶어
고개를 꺾고 올려다보니
하얗게 노랗게 파랗게
해가 내리쬐네

날마다 뜨지만 늘 새롭게
온 하루를 새삼스럽게
겨울도 여름도 새뜻하게
너랑 나 사이에 새첩게

봄가을에 새로 돋는 풀꽃
뜯으면 뜯을수록 싱그러운 나물
달리면 달릴수록 튼튼한 다리
새기운은 새마음으로 솟아

연필을 쥐어 그림을 그린다
어제에서 거듭난 오늘을
지난해에서 자란 올해를
모레에서 글피로 가는 길을

새로 : 이제까지 있은 적이 없거나, 이제까지 있던 무엇하고 다르거나, 예전
과 다르게 생생하다고 느끼기에 **새로**라고 합니다.

선뜻

하늘을 구름으로 그리고
바다를 너울로 빗질하더니
선선히 비를 뿌리는
돌개바람

누런종이에 푸르게
하얀종이에 파랗게
즐거이 그리고 덧바르더니
선뜻 건넨 물빛그림

네가 바라면 기꺼이 주지
내가 그리면 바로 오지
너희가 생각하면 곧 되고
우리가 노래하면 시원스레 이뤄

산뜻 웃음을 짓자
산산하면서 환하게
신명나면서 눈부시게
새로 하늘그림 품자

선뜻 : 빠르면서 시원스러운 몸짓일 적에 **선뜻**이라고 해요. 머뭇거리지 않고 씩씩한 몸짓이라고 할 만한 **선뜻**이에요.

선하다

오랜만이야
얼마나 반가운지 몰라
늘 생각하며 지냈어
오늘을 기다렸어

열일곱 해를 기다리기란
얼마나 벅찬 줄 아니?
응?
내 나이는 열한 살이라고?

어머니 뱃속에서도 그리고
저 먼 다른 별에서도 바라고
아장아장 아기 때에도 별러서
이날을 손꼽았단다

여름매미 네가 깨어니기를
굼벵이 벗고 기운차게 날며
노래하는 이 모습
선하게 떠올리며 살았어

선하다 : 오래 흘러도 잊히지 않고 눈앞에 매우 맑고 밝게 보이거나 나타나
기에 **선하다**라고 해요.

소꿉

이웃 아저씨는
기계로 탈탈탈
한 나절도 안 되어
천 평 밭 갈고,

우리 아버지는
맨손에 괭이 호미로
한 나절 남짓
스무 평 밭 가네.

마을 할머니
고샅 지나가다가 흘끗
"거, 소꿉놀이 하네."
한 마디

우리 아버지는
흙 묻은 손 털고
땀 훔치고 웃으며
"네, 소꿉밭이에요."

소꿉 : 어른은 살림을 하고, 어린이는 **소꿉**을 해요. **소꿉**은 어른들이 살림하
며 쓰는 여러 가지처럼 어린이가 갖고 노는 것이나 하는 놀이예요.

소리

바람이 불어
구름 흐르는 소리
짝짓기 마친 암사마귀
알 낳는 소리

꽃가루 찾는 범나비
꽃송이에 날아드는 소리
잠자리 한 마리
빨랫줄에 앉는 소리

낫을 쥐어
풀을 베는 소리
쌀을 일어
밥 짓는 소리

햇볕 따끈따끈
빨래 마르는 소리
아이랑 어머니 마루에 앉아
나긋나긋 책 읽는 소리

소리 : 부딪히거나 스치거나 건드리거나 닿을 적에 들리는 **소리**예요. 입을
열어서 생각을 들려줄 적에도 **소리**이고, 널리 퍼진 이야기도 **소리**예요.

속삭이다

할아버지가 아기 귀에
아기는 할머니 귀에
할머니는 어머니 귀에
어머니는 내 귀에

"햇살 고운 봄이 왔어"
살살 속삭이네
새앙쥐가 이 속삭임 듣고
비둘기가 이 속닥말 들어

어느새
들로 숲으로 마을로
고루고루 봄속삭임 퍼져
환한 이야기잔치 됩니다

나는 아버지한테
아버지는 누나한테
누나는 별한테
"봄바람 향긋해" 소곤소곤해요

속삭이다 : 다른 사람이 못 알아듣도록 낮게 말하거나 이야기하기에 **속삭이다**라고 해요.

150

손가락

손가락으로 흙바닥에
그림을 그리다가 쉬는데
나비가 손가락에 앉아
날개를 쉬어

나는 숨을 죽이고
꼼짝 않으면서
두 눈 동그랗게 뜨고
나비를 바라봐

온마음을 쏟아
이 작고 곱고 상냥한
나비 한 마리에
흠뻑 빠져들어

이윽고
나비는 날개를 살짝살짝 흔들며
손끝으로 걸어가다가
팔랑 날아가네

손가락 : 손끝에서 실고 가늘게 갈라진 곳으로, 굽히거나 접을 수 있고, 무
엇을 쥐거나 잡거나 만질 수 있는 **손가락**이에요.

손수

아침에 자리에서 일어나면
이불을 손수 개고
손하고 낯을 깨끗이 씻고
물잔을 두 손에 쥐고 마셔요

내 손으로
고양이밥을 퍼서 그릇에 담고
이 손으로
마루랑 마당을 비질하지요

아버지가 손수 지은 밥
어머니가 손수 지은 옷
동생이 손수 그린 그림
내가 손수 쓴 글

우리 손은 참 바지런해
하루 내내 즐거이 일하지
왼손으로 오른손 주무르고
오른손으로 왼손 쓰다듬어요

손수 : 다른 사람 손이나 힘을 빌리지 않기에 **손수**예요. 우리 손으로, 스스
로 힘을 내어 한다고 할 적에 **손수** 한다고 하지요.

수수하다

난 깜짝 놀라는데
언니는 아무렇지 않은 듯
대수롭지 않다면서
털털하게 일어선다

아버지 바느질 솜씨는
어째 안 느는 듯한데
가만히 들여다보면
투박하면서 꼼꼼해

새싹은
봄비 봄볕 봄바람 먹으며
서로 앞다투어 돋지만
아직 고만고만하지

우리 집에는 거울을 안 둬
얼굴을 이쁘게 꾸미기보다
마음을 참하게 가꾸면서
수수한 멋을 헤아리거든

수수하다 : 도드라지지 않지만 뒤떨어지지 않고, 있는 그대로 조용하거나
차분하게 어울리기에 **수수하다**라고 해요.

숨다

숨은 얼굴은 눈 감고 찾자
숨은 소리는 귀 막고 찾지
숨은 맛은 눈으로 찾고
숨은 손은 귀 쫑긋 찾아

눈을 감으면 무엇을 볼까
귀를 막으면 무엇을 들을까
눈으로는 어떤 맛을 보고
귀로는 어떤 살결 느낄까

꼭꼭 숨었으니 안 보여
꾹꾹 감췄으니 모르겠어
꽁꽁 가리니 아리송해
꽉꽉 덮으니 궁금하다

숨은그림찾기
숨은길찾기
숨은사람찾기
숨은눈찾기

숨다 : 보이지 않게 있거나 두기에, 겉으로 드러나지 않기에, 아직 깨어나지
않은 재주나 솜씨이기에 **숨다**라고 해요.

숲

내가 사는 우리 집에
짙푸른 바람
나무 따라 풀 따라
흙내음 담지

동무 사는 우리 마을
시원스러운 바람
눈꽃송이 구름송이
함께 타고 놀지

이웃 사는 우리 고장
해 닮은 바람
포근포근 사랑스레
손을 맞잡지

너랑 나랑 우리 별에
새파란 바람
숲에서 태어나 퍼지는
고운 꿈 되지

숲 : 풀하고 나무가 우거지고 냇물이 흐르고 골짜기가 있으며 온갖 짐승하고 벌레가 어우러져서 푸른 기운하고 바람이 고운 곳이 **숲**이에요.

쉬다

몸이 아파 하루를 쉰다
끄응 아이고 앓으며
이 몸에서 새로 힘
솟기를 바란다

다리가 아파 걸음을 쉰다
먼 길을 서두르지 말고
쉬엄쉬엄 싸목싸목
다리쉼 즐기며 간다

눈이 아파 책을 덮는다
책만 읽으면 힘들지
손이 아파 도마질 멈추지만
어머니 아버지 도와 김치 한다

쉬면서 등허리를 펴고
쉬며 바람줄기 마시고
쉬는 동안 샛밥 먹고
쉬는 사이 노래를 하지

쉬다 : 몸에 기운이 새로 돌도록 가만히 있어서 **쉬다**예요. 자거나 살짝 머무르거나 어떤 일을 안 하거나 못 할 적에도 **쉬다**라고 해요.

슬기롭다

소리쟁이를 모르면 막풀
질경이를 모르면 성가신 풀
미나리를 모르면 귀찮은 풀
꽃마리를 모르면 싫은 풀

뱀밥을 알면 반가운 나물
달래를 알면 즐거운 나물
갓을 알면 고마운 나물
민들레를 알면 고운 나물

모시를 알면 떡 찧고 옷 지어
삼을 알면 나물에 옷 짓고
치자를 알면 물들이고 단무지
쑥을 알면 버무리에 차 덖기

볏짚은 새끼줄 되고
새끼줄은 자리 바구니 지붕에
갖은 살림 온갖 세간 되네
풀을 배우며 슬기로운 숲님이야

슬기롭다 : 옳고 그른 길을 바르게 살필 줄 알기에 **슬기롭다**고 해요. 무엇이
든 훌륭하거나 아름답게 해낼 줄 아는 마음이 있어서 **슬기**가 있어요.

시큰둥하다

앞머리 흘러내리기에
밥상머리에서 머리끈 하라니
싫다며 입술 부루퉁
쳇쳇거린다

바깥바람 차기에
단추 잘 여미라 하니
번거롭다며 고개 돌려
이리 홱 저리 홱

목에 걸려 자꾸 재채기하기에
물 좀 마시라 하니
성가시다며 코앞 부엌에
안 간다며 떼쓰기

참 재미있는 영화이기에
우리 같이 보자 하니
시큰둥하다며 지레
얼마나 재미있겠느냐고 딴청

시큰둥하다 : 마음에 안 들어서 그다지 안 하고 싶거나 안 보고 싶을 적에
시큰둥하다고 해요.

식다

나뭇가지가 넓게 퍼지고
나뭇잎이 우거져 파르락거리는
커다란 나무 밑에
시원히 드리운 그늘

나무그늘에서는 쉬기 좋고
나무그늘은 풀이 자라기 좋고
나무그늘에는 숲짐승도 드나들고
나무그늘은 늘 촉촉한 흙

뜨거운 여름볕을 식힌다
후끈후끈 불볕을 달랜다
푸르게 빛나며 시원스런 곳에
푸른 물줄기 맑게 흐른다

더위를 식히려면
부채질 선풍기 에어컨보다
나무 한 그루 심자
숲정이 돌보며 한들바람 부르자

식다 : 뜨거운 기운이 사라지기에 **식다**라고 해요. 하고 싶은 마음이 사라지
거나, 땀이 말라서 더 안 흐를 적에도 **식다**라고 합니다.

신

발바닥은 맨바닥을 좋아해
손바닥은 흙바닥 좋아하고
신을 벗고 걷자
맨손으로 놀자

모래밭에 가면
모래알을 손발로 느껴
풀밭에 가면
풀내음을 온몸으로 마셔

딱딱한 길바닥이니
발을 곱게 돌보려고
신을 삼아서 꿰지
마음껏 걸어다니고 싶거든

짚으로는 짚신
나무로는 나막신
천으로는 천신
발을 넉넉히 감싸 줘

신 : 걷거나 땅을 밟거나 디디거나 서면서 발을 돌보려고 꿰는 **신**이에요. 무엇으로 삼거나 어디에 쓰느냐에 따라 짚신·나막신·덧신·긴신이 되지요.

싹독

책걸상 짜려고 나무 켤 적에
쓱싹쓱싹 톱질 힘차게
이 나물 저 김치 같이 먹을 적에
슥삭슥삭 비벼서 맛나게

설거지 마치고 남은 물자국은
쓰윽쓰윽 행주로 말끔히
물놀이 나오며 냇바람 마시니
스윽스윽 느긋이 젓는 배

어머니는 깍두기를 썩둑썩둑
나는 깍두기를 싹독싹독
아버지는 무를 숭숭
동생은 무를 송송

함께 마루를 훔쳐 볼까
먼지 하나 없게끔 싹싹
같이 마당을 쓸어 보자
가랑잎 한데 모이도록 삭삭

싹독 : 부드럽고 빠르게 바로 베거나 자르는 모습을 '싹둑'이라 하고, 여린
말로 '삭독'이라 해요. 소릿결을 살려 **싹독**이나 '썩둑처럼 쓰기도 해요.

쌩쌩

자전거를 타고 달리면
길바닥을 느끼며 재미있는데
두 다리로 쌩쌩 달으면
마치 말이 된 듯하며 더 재미나

비행기를 타고 날면
구름을 헤치거나 밟으며 신나는데
두 팔을 펼쳐 쌩쌩 날면
꼭 제비가 된 듯하며 더욱 신나

배를 타고 바다를 가르면
물살도 물결도 물길도 나랑 한몸이야
온몸을 물에 맡겨 쌩쌩 헤엄치면
참으로 물고기가 된 듯하며 시원해

달리다 멈추고 날다가 쉬고
헤엄치다 물가로 나와서 하늘을 보면
문득 쌔앵쌩 씨잉씽
바람 두 줄기 눈썹을 날린다

쌩쌩 : 바람이 세면서 빠르게 자꾸 불거나 스치는 쌩쌩이고, 바람을 일으키거나 일으킬 듯 자꾸 빠르게 움직이는 쌩쌩이에요.

쓰다

마늘을 쓰면 된장국 더 맛나
샘물을 쓰면 밥이 한결 달아
쑥을 쓰면 모닥불이 향긋하고
무지갯빛 실을 써서 바지를 기워

돈을 써서 선물을 샀고
손을 써서 곱게 싼 다음
마음을 가만히 써서
글월 몇 줄 정갈히 쓰지

머리를 쓰니 똑똑하고
생각을 쓰기에 꿈이 자라고
몸을 쓰며 땀흘리고
다리를 써서 자전거 달려

오늘을 쓰며 하루를 짓고
이야기를 쓰다 보면
어느새
노래도 책도 쓸 수 있더라

쓰다 : 무엇을 하려고 들거나 가지거나 두기에 쓰다라고 해요. 생각·마음을
글로 나타내거나, 마음을 기울이거나 몸을 움직일 적에도 쓰다예요.

아름답다

새벽에 곤드레나물 한 아름
넉넉하게 훑어 나물밥 냠냠
도란도란 나누어 즐기니
아름다운 아침잔치

아침에 빨래 두 아름
냇가에서 복복 비비고는
마당에 바지랑대 세우니
해그림자 고운 낮잔치

낮에 오얏 석 아름
뒷밭에서 잔뜩 따고는
이웃이랑 동무한테 건네는
아름손 아름넋 아름잔치

저녁에 별자리 온 아름
별똥 하나 둘 셋 넷
마음 가로지르는 꿈 짓고
고즈넉히 빛나는 하늘잔치

아름답다 : 눈으로 보거나 귀로 듣거나 느끼는 모습이 참 좋으면서 즐겁기에, 훌륭하거나 착해서 마음에 들며 즐거우니 **아름답**다고 해요.

아무

네 선물이라면
아무 꽃이든 다 좋아
그런데 어떤 꽃이니?
이름을 알려주렴

네 노래라면
아무 노래이든 다 즐거워
그런데 무슨 노래야?
살짝 귀띔해 주라

아무한테나 말하지 않아
너하고 속삭인 일인걸
누구한테나 말할 수 있어
너하고 맺은 다짐이니까

같이 걷는 길은
어느 곳이든 반가워
함께 읽는 책은
아무 책이든 재미나

아무 : 따로 어느 사람이나 날이나 곳을 가리키지 않고서 이야기할 적에 **아무**를 써요.

안

안 먹어도 돼
배고프지 않거든
안 주어도 좋아
벌써 넉넉하게 있는걸

내가 못 하지는 않지만
굳이 안 하고플 때가 있어
네가 못 갈 일은 없는데
애써 안 가더라도 고마워

안 아프기보다는 튼튼하기를
안 나쁘기보다는 즐겁기를
안 때리기보다는 사랑을
안 울기보다는 씩씩하기를

아니될 일이란 없어
겪으면서 배우고 거듭나지
안타깝다고 여기지 않아
치르면서 익히고 새롭지

안 : '아니'를 줄인 **안**인데, **안**이란 말을 앞에 넣어서 어떤 일이나 몸짓하고
는 멀거나, 그렇게 하는 길하고는 다르다는 느낌을 나타내요.

알다

너 혼자 알아서 하겠다면
내 알 바 아닐 텐데
같이 하는 재미를 알기에
마음을 알면서 나누고 싶어

늦은 줄 알면 서두르자
기쁜 줄 아니 춤추네
피리 불 줄 알아서 좋아
읽고 쓸 줄 아니까 즐거워

시금치 맛을 아니?
하나는 아는데 둘은 모르니?
알다가도 모르겠다고?
알게 모르게 별이 떴다고?

서로 아는 사이라면
어떻게 마주해야 반가운가를 알고
풀밭에 핀 풀꽃을 알지
그래서 "알았어. 숲을 노래하자."

알다 : 겪거나 하거나 배워서 머리·마음에 남아 **알다**예요. 어떠한 줄 느끼
거나 생각할 적에, 만난 적 있어서, 할 수 있거나 가까이해서 **알다**이고요.

얕다

버선이 젖을까
반바지가 젖을까
얕은 자리 골라 걷다가
그만 너울 바가지 쓴다

버선 반바지 웃도리
머리까지 옴팡 젖으니
물결을 가볍게 흘기고
냅다 맨발이 된다

이제는
젖을 걱정이 없이
적시는 물놀이
여름놀이 바다놀이

얕은 물자리는 재미없어
깊은 물자리로 성큼성큼
이내 몸을 띄워
물살 타며 헤엄놀이

얕다 : 위에서 밑까지 얼마 없거나 가깝기에 **얕다**고 해요. 생각이나 마음이
모자라거나 떨어질 적에도 **얕다**고 하지요.

169

어느새

칠월이 어느새 다가오니
강냉이에 참외에 수박에
시원하면서 싱그러운
열매가 주렁주렁

팔월로 어느덧 접어드니
제비도 꾀꼬리도 후투티도
더 따뜻한 터전 찾아
다 큰 새끼들 이끌고 훌쩍

구월이 어느 틈에 다가서니
처마 밑을 지나 마루로
길게 들어오려는 햇살
그래 가을이로구나

시나브로 시월이 살그마니
감알이 바알갛고
나락이 노오랗고
파아란 하늘은 가없이 높고

어느새 : 알거나 느끼지 못하는 동안을 **어느새**라는 말로 나타내요. '덧'을 붙인 '어느덧'은 비슷한말이지요.

어련하다

못할까 걱정하니까
자꾸 걱정대로 되는 셈일까
그대로 하면서 지켜보면
어련히 될는지 몰라

오죽하면 끼어들어서
이리 지청구 저리 꾸중일까
그렇지만 그냥 두어도
어려운 길 헤쳐나갈 수 있어

아직은 힘들고
오래 걸릴 듯하더라도
가만히 기다려 주면 어떨까
어련히 못해도 앞으로 할 테니까

누구나 헤낸다 해도
누구나 똑같지는 않아
나는 느긋이 가고 싶어
내 걸음을 바라보면서 해볼래

어련하다 : 걱정하지 않아도 꼭 잘하거나 잘되거나 좋으리라고 여기기에 **어련하다**라고 해요.

어린이

바라보는 대로 배우던
주는 대로 먹던
말하는 대로 따라하던
갓난아기는

기고 싶은 대로 기다가
서고 싶은 대로 서다가
걷고 싶은 대로 걷다가
달리고픈 대로 달리다가

손아귀에 힘이 붙어
이것저것 다 쥐고
종아리에 힘이 늘어
퍽 묵직한 짐도 들고

흙을 쪼물딱 솔떡 빚네
재잘재잘 하루 내내 노래
마음에 그리는 대로 꿈짓기
이제 어린이로 거듭나

어린이 : 나이가 어린 사람을 한결 곱게 바라보거나 아끼려고 가리키는 **어린이**예요. '아이'는 나이가 어리거나 철이 덜 든 사람을 가리키지요.

열다

노란줄무늬 고양이가 낳은
새끼고양이가 마당에서
마루문 쪽을 가만히 쳐다보네
문을 열고 나와 밥을 챙기자

광을 열고
고양이밥 자루를 열고
밥그릇 물그릇 새로 씻어
바가지로 퍼서 담는다

부엌에서 뭔가 좋은 냄새가 나네
냄비 뚜껑을 슬쩍 연다
오늘은 어떤 맛밥일까
찜솥도 열며 김이 서린 냄새 맡는다

고양이는 마당서 우리는 부엌서
저마다 반가운 밥때
이 닦고 설거지 마친 뒤에
샘틀을 열고서 가볍게 놀이도 하지

열다 : 이곳하고 저곳·안하고 바깥이 흐르거나 이어지도록 하며 **열다**예요.
가게나 하루 일을 하거나, 모임을 새로 하거나, 마음이 흐르도록 열어요.

영

뭔가 하려고 하는데
자꾸 걸리거나 넘어지느라
도무지 못하겠구나 싶어
참 힘들다

새로 하고 싶은데
어쩨 생각이 막히기만 하고
좀처럼 마음이 안 트여서
너무 벅차다

다시 해보려고 나서는데
지난적에 어긋났던 일이 떠올라
영 기운이 안 나서
진땀 빠지고 어려워

후유우우우우
숨을 좀 돌릴까?
안 되면 돌아가도 되고
정 힘겨우면 쉬어도 되겠지

영 : 아무리 힘이나 마음을 써도 안 되거나 힘들다고 할 적에 **영**이라 하고,
이보다 더 할 수 없구나 싶을 적에도 **영**을 써요.

오다

네가 불러서 왔지
이 추운 겨울은
꽁꽁 얼어붙어도
눈송이를 함박꽃으로 안고서

내가 불러서 왔대
이 따순 봄은
숱한 꽃을 따라
벌 나비 새 풀벌레 모두

오고 싶어도 오지만
오라는 마음이니 와
오려는 뜻을 느끼며
오롯이 바라며 기다려 봐

저기서 오는 바람을 보자
거기서 오는 해를 보자
나란히 오는 별을 보자
오늘 솟아나오는 말을 보자

오다 : 저기에 있다가 여기로 있도록 움직이기에 **오다**라고 해요. 마음, 느낌,
비, 눈, 졸음이 이곳에 있도록 움직이는 **오다**이지요.

오래

나한테는 오래된 얘기인데
어머니한테는 그냥
우리 태어나던 무렵
겪은 이야기라 한다

나한테는 오래 묵은 집인데
아버지한테는 그저
아버지 어릴 적에 놀던
할아버지 집이라 한다

나한테는 오래오래 지난 일
할머니한테는 그러니까
할머니 젊을 적에
나들이 다니며 찍은 사진

오랫동안 흐른 냇물일 텐데
오늘 흘러도 싱그럽다
오래도록 내리쬔 햇볕일 텐데
아침저녁으로 새롭게 따뜻하다

오래 : 지나는 때가 길거나, 꽤 많은 날이 지난다고 해서 **오래**라고 합니다.
힘주어서 '오래오래'라 하지요.

오르다

말이 오른다
나는 그저 혀에 얹어
살짝 입에 올렸을 뿐인데
내 말이 하늘로 오른다

동생하고 다투던 말
동생이랑 놀던 말
동생을 아끼던 말
모두 저 높이 오른다

어느 말은 구름을 타고
어느 말은 까치 등을 타
어느 말은 빗방울을 타고
어느 말은 눈송이를 타네

아지랑이처럼 오른 이 말은
앞으로 어디로 흐를까
바람처럼 춤추는 이 말에
나는 어떤 생각 담았을까

오르다 : 낮은 데에서 높은 데로 가기에 **오르다**예요. 위쪽으로 움직이거나,
자전거·버스에 몸을 두거나, 어디를 가거나, 위에 두어 **오르다**예요.

온

온통 푸른 숲에서
온갖 노랫소리 듣자
온 숨결이 어우러지는 노래를
뭇 목숨이 살아가는 소리를

온누리에는 이웃이 많아
온마을이 다 이웃이고 동무
꽃도 벌레도 새도 고래도
온사랑으로 마주하지

온힘을 들여 소꿉을 놀고
온마음 다해 밥을 지어
온집사람 모두 모여
날마다 온잔치 같아

곧고 새롭게 온걸음이지
갖은 뜻 이룰 온길이야
저 하늘 가득 온별이고
너랑 나는 온빛이며 온고요

온 : 비거나 없도록 하지 않고서 있도록 하기에 온이고, 이러면서 고르게 있거나 차도록 하기에 **온**이며, '100'을 가리켜요.

옷

어머니,
내 바지 무늬 곱지?
이 바지 커지면
어머니가 입어도 돼

아버지,
내 치마 빛깔 예쁘지?
이 치마 내가 못 입으면
아버지가 둘러도 돼

할머니,
내 양말 귀여워?
그러면 이 양말
할머니가 신어도 돼

할아버지,
내 모자 멋있어?
그럼 말야, 이 모자
할아버지가 써도 돼

옷 : 몸이 따뜻하게 하거나, 안 다치도록 하려고 지어서 입거나 두르거나
걸치는 **옷**입니다. 겉을 싼 것을 빗대는 자리에도 **옷**을 써요.

왁자지껄하다

무슨 신나는 일이 있어
다들 한자리에 모여
왁자왁자왁자
이야기잔치일까?

뭔 할 말이 그리 많아
모두 아침부터 웅성웅성
북새통 이루면서
이야기판일까?

어떤 사람이 찾아왔기에
이 집 저 집 기웃기웃
시끌벅적하게 바글바글
이야기마당일까?

할머니 할아버지 오신 날이면
우리 집은 왁자지껄 재미있어
이모 이모부 마실한 날이면
우리 집은 시끌시끌 놀이꽃이야

왁자지껄하다 : 무척 시끄럽다고 느끼도록 여러 사람이 크게 소리내어 말을
하거나 이야기를 하기에 **왁자지껄하다**고 해요.

왜?

왜 해야 해?

  그러게 왜 해야 할까?

왜 하면 안 돼?

  참말 왜 하면 안 될까?

왜 저렇게 있어?

  그래 쟤는 왜 저렇게 있을까?

왜 밤에 별이 떠?

  그렇구나 왜 밤에 별이 뜰까?

왜 먹어야 해?

  그러니까 왜 밥을 먹어야 할까?

왜 자야 해?

  그렇지 왜 밤에 자야 할까?

궁금해서 '왜?' 하고 물을 적마다

아버지는 다시 '왜?' 하고 물으며

수수께끼를 낸다.

왜 자꾸?

왜 : 어떤 뜻이나 생각인가를 모르기에 물어보려고 쓰는 **왜**라는 말이에요.
누가 불러서 대꾸할 적에도 **왜**를 써요.

이름

네 이름이 궁금해
나한테 알려주겠니?
네가 누리는 이름에
어떤 이야기 흐르는지 알고파

내 이름도 궁금하니?
너한테 속삭여 줄까
내가 사랑하는 이름에
어떤 노래가 춤추는지 말할게

파란띠제비나비
사람들은 이렇게 얘기하더라
후박나무
사람들은 이처럼 말하더라

난 이 이름이 마음에 들어
나도 이 이름이 좋아
네 잎에 알을 낳을게
네가 날아와 주어 반가워

이름 : 어떠하다고 느끼거나 생각하기에 소리를 내어 나타낼 수 있도록 붙이는 **이름**이에요. 널리 알려졌거나 남들이 가리키는 말도 **이름**이에요.

일

자느라 몰랐는데
아침에 아버지가 얘기하네
내가 자면서 까르르 웃음 터뜨려서
뭔 일인가 하고 한밤에 깼대

웃으며 꿈나라 누비는 내 모습
한참 바라보다가 이불깃 여며 주고
부엌일 마저 갈무리한 뒤
비로소 눈을 붙이셨다네

우리 아버지는 나보다
일찍 일어나고 늦게 자
할 일이 많으신가 봐
어머니도 으레 그렇지

아침에 보면
무슨 일을 하든
하품을 길게 하는 아버지인데
내가 날마다 웃음 터뜨리며 자는 탓?

일 : 뜻이 있는 모두를 일이라 하고, 움직여서 하는 모두, 몸이나 마음을 써
서 새로 짓는, 돈을 벌려고 하는, 어느 한 모습도 **일**이라고 해요.

읽다

무릎에 틀림없이
책을 얹고서 읽는데
나더러 책을 읽지 않는다는
아리송한 어머니 말씀

책이라는 모습인
이야기를 읽고
생각을 읽으며
마음을 읽는단다

책집에 마실하면서 참말
두 손으로 책을 쥐어 읽는데
우리더러 책읽기 아니라는
수수께끼 아버지 말씀

책으로 거듭난
숲을 읽고
새소리 물소리를 읽으며
바람 해 흙을 읽는단다

읽다 : 무엇을 뜻하는지 알 적에 **읽다**라고 해요. 눈으로 글을 읽거나 소리를
내도 **읽다**이고, 마음을 헤아려도 **읽다**라고 합니다.

입다

가을에 가을옷을 입고
가을볕에 물든
가을빛을 곱다라니 입으며
가을바람을 선들선들 입는다

나무 밑에서 가랑잎 입고
짙고 푸른 그늘을 입으며
나무한테 찾아온
멧새 노랫소리를 입는다

머리를 어깨를 손을
고이 어루만지는
포근하고 보드라운 사랑을
한몸에 입고

할아버지 할머니 나란히 앉아
함께 지은 뜨개옷을
곱다시 차려입으니
날마다 기쁜 하루

입다 : 옷을 손발이나 몸에 넣어서 감싸거나 가릴 적에 **입다**라고 해요. 겉모습이 바뀌거나 새로워지는 모습을 **입다**라는 낱말로 빗대기도 해요.

있다

이러는 까닭이 있어
우리가 있는 곳을 봐
바람도 볕도 흙도 있어
손에는 연필도 있지

네 꿈에는 뭐가 있니?
네 말씨에는 노래가 있네
종이에도 흙바닥에도 그릴 수 있고
하늘 나는 놀이도 있어

있지, 그러니까 말이야
할 말이 있는데
여기 있는 이 나무 곁에
가만히 있어 볼래?

그냥 있으면 돼
뜻있는 몸짓이 아니어도 돼
우리한테 고이 있는 마음으로
저녁놀을 있는 그대로 같이 보자

있다 : 삶, 숨결, 마음, 꿈, 일이나 물건이나 하루, 자리나 까닭이나 모습을,
느끼거나 보거나 알기에 **있다**예요. 살고, 하고, 가지는 **있다**랍니다.

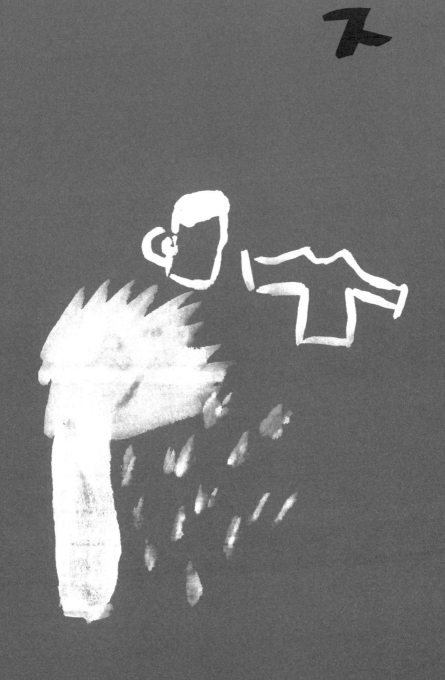

자국

구름이 남긴 자국은
빗물이 안 되어도
밭일하는 할머니 등에
살짝 드리우는 그늘

무지개가 새긴 자국은
보는 사람 없어도
보는 새가 있고
보는 나무가 있네

달팽이가 지난 자국은
달팽이가 먹은 대로
냄새랑 빛깔을
고스란히

내가 걸은 자국은
어떤 얘기일까?
어떤 노래일까?
어떤 놀이일까?

자국 : 다른 것이 닿거나 묻어서 생기는 **자국**이에요. 다쳤다가 나으며 사라
지는 **자국**이고, 한 발을 뗄 때는 걸음도 **자국**입니다.

자다

더 놀고픈데 자라니
서운하고 싫고 아쉬워
안 졸리거든요
팔팔하다구요

잠옷으로 갈아입고서도
마당에서 술래잡기 숨바꼭질
뻘뻘 땀 쏟으면서
잠을 미루고

이부자리에 눕고서도
휘파람 불기 노래 부르기
옛이야기 들려 달라고
졸라대기

옛날 옛날 한 옛날에
할머니도 할아버지도
범도 곰도 새도 해도
새 하루 꿈꾸려고 잤단다

자다 : 눈을 감고서 쉬기에 **자다**예요. 바람이나 물결이 더는 없거나, 움직이
던 것이 더 안 움직이거나, 부푼 것이 눌려서 꺼지기에 **자다**입니다.

189

자라다

키가 한 뼘 작을 적에
받침나무 딛고서
개수대맡에 까치발로 서서
그릇을 부셨지만

키가 한 뼘 자란 오늘
받침나무 치우고서
개수대맡에 의젓이 서서
그릇 수저 부셔요

키가 한 뼘 모자랄 적에
늘 누나를 불러서
선반에 짐 올리고 내려 달라
바라야 했지만

키가 한 뼘 자라고 나니
누나 없이도
혼자 어깨 펴고 서서
선반에 내 짐 척척 올리고 내려요

자라다 : 몸이 차츰 늘어나거나 길어지기에 **자라다**요. 어리거나 젊은 날을
보내며 어른이 되거나, 풀과 나무가 어디에서 살기에 **자라다**예요.

작다

너는 나보다 작지
키가 작고 얼굴이 작고
손이며 팔다리랑
모두 작아

너는 나보다 크지
키도 몸집도 팔다리도
기운도 팔짓도
하나같이 커

작은 꽃아
참 작으면서 곱네
그러나 너는
개미보다 이슬보다 크다

큰 나무야
참말 크면서 의젓해
그리고 나도
너를 닮아 마음은 커

작다 : 길이, 넓이, 부피가 어느 만큼 안 되어 **작다**예요. 어느 만큼 안 되거나
모자라거나 좁거나 소리가 낮거나 돈이 얼마 안 되어도 **작다**입니다.

작작

대나무를 깎고 다듬어
바람개비를 엮고는
손바닥으로 힘껏 비벼
가볍게 띄우는데

핑글핑글 날더니
할아버지 뒤통수에 퍽
아버지 이마에 퉁
할머니 팔뚝에 탁

이제 그만 해라
좀 작작 해라
너무하지 않니
구시렁구시렁 꾸지람 날아오네

헤헤헤 멋쩍게 웃고는
아무도 없는 빈터 찾아
다시 힘차게 핑그르르 날리니
물까치가 깜짝 놀라 파르르

작작 : 좀 지나치구나 싶으니까 이렇게 지나치지 않고 알맞게 하라는 뜻으
로 **작작**이라고 말해요.

잔뜩

우리 집에는 있지
나무가 가득 있어
날마다 새가 잔뜩 찾아들어
노랫소리 철철 넘치지

너희 집에는 말야
꽃이 한아름 있어
늘 벌나비 많이 찾아와
무지개춤 신나게 선보이네

우리 숲에는 있지
열매가 왕창 맺혀
너랑 나랑 숲이웃이랑
어제도 오늘도 배부르게 즐겨

너희 바다에는 말야
샛노린 모래밭 드넓어
물결이랑 어우러지면서
언제나 신바람나는 놀이잔치

잔뜩 : 넘칠까 싶도록 많다고 해서 **잔뜩**이에요. 힘이 되는 데까지, 참으로
많이, 마음을 굳게 먹도록 하는 느낌도 **잔뜩**으로 나타내요.

잡다

지나가려는 버스를 잡으려고
손을 크게 흔들고 외치면
때로는 스르르 멈춰 주고
때로는 부르르 그냥 가고

날아가려는 잠자리를 잡으려고
발소리 죽이고 다가서면
어느 때엔 고이 잡히고
어느 때엔 팔랑 날아오르고

흩어지려는 민들레씨를 잡으려고
바람 따라 손을 뻗으면
이때에는 한 움큼
저때에는 빈 손

달아나려는 동무를 잡으려고
구슬땀 떨구며 달리면
야호! 잡았다!
쳇! 못 잡았어!

잡다 : 손가락을 구부려 손아귀에 있도록 하는 **잡다**예요. 다른 곳으로 못 가
게 하고, 산 채로 벌레나 고기를 손에 넣고, 날을 고르는 **잡다**이고요.

장난감

곧게 자란 나무를 찾아
여러 날 멧골을 누벼요
마땅한 나무를 보면
아침부터 한나절 석석 베요

알맞게 자른 나무는
지게에 짊어지고
천천히 천천히 걸어
이슥할 무렵 돌아와요

나무는 처마 밑 그늘에
차곡차곡 쌓아
여러 달 말리지요
이러고서 오늘 드디어

작은 톱으로 삭삭 켜고
올망졸망 토막을 내고
찬찬히 사개를 짜니
장난감 자동차 짠!

장난감 : 장난을 할 적에 손에 쥐는 **장난감**이에요. 놀이를 할 적에는 '놀잇감'을 손에 쥐지요. 재미로 삼아 가지는 '노리개'도 있어요.

젊다

할아버지는 왜 스스로
늙었다고 생각하지?
내가 보기에
할아버지는 우리 할아버지야

할머니는 왜 늘
나이들어 힘들다고 하지?
우리 몸은 닷새 지나면
모두 새로운 숨결 된대

이모는 왜 언제나
얼굴에 주름 있나 살피지?
내가 보기에
이모는 가장 이쁜 이모야

큰아버지는 왜 노상
이제는 안 젊다고 하지?
웃고 노래하며 신나게 놀면
춤추고 살림하며 기쁘면 참 좋아

젊다 : 기운이 아주 좋거나 넘치거나 싱그러울 적에 **젊다**고 해요. 어른 사이
에서 나이를 서로 맞대어 어린 쪽을 **젊다**고도 해요.

접다

종이 하나면 돼
이 종이로
토끼를 접을게
개구리도 두루미도 접지

우리 어머니는 큰 종이 여럿
붙이고 이어서
동생 키만 한
멋진 사마귀 접었어

나는 앞으로 종이접기
더 배워서 말야
나무도 접고 꽃도 접고
집도 접고 자동차도 접을래

한번 볼래?
동서남북 놀잇감도 접어서
안쪽에 이렇게
이야기꽃 그림을 넣었어

접다 : 어느 한쪽이 다른 한쪽으로 닿도록 하는 **접다**예요. 어느 것을 편 뒤에 예전 모습이 되도록, 겹을 이루게, 다음에 하기로 해서 **접다**이지요.

제대로

좋은 사람 있다면
나쁜 사람 함께 있어
이쪽을 좋아하니까
저쪽을 싫어하지

반기는 일 있으면
달갑잖은 일 나란히 있어
이 길을 반기니까
저 길을 물리치지

재미난 놀이 있을 적에
서운한 몸짓 같이 있더라
이렇게 하고프니까
저렇게 하는 뜻을 몰라

눈을 감고 제대로 보자
눈을 뜨고 새로 보자
고요하게 제대로 보자
곱게 춤추며 새로 보자

제대로 : 넘치거나 모자라지 않고 어느 틀이나 길에 따르기에 **제대로**라고
해요. 알맞도록, 넉넉하도록, 생각하는 대로를 **제대로**로 나타내기도 해요.

조잘조잘

수다꽃을 피우려고
서로서로 모여들어
오늘 하루도 왁자지껄
아주 신나게 떠든다

민들레 곁에 질경이 곁에
꽃마리 곁에 봄까지꽃 곁에
냉이 곁에 고들빼기 곁에
찔레 곁에 들딸 곁에

갓 깨어난 새끼 사마귀
저마다 조잘 조잘 조잘
어느 풀꽃에 앉아
첫 해바라기 즐길까

아주 북새통을 이루는
이곳은 참 조그맣지만
더없이 너르며 아늑한
숲 한복판 풀벌레마당

조잘조잘 : 작은 새가 쉬지 않고 노래하는 모습을 **조잘조잘**이라 하고, 살짝
낮은 목소리로 쉬지 않고 제법 빠르게 말을 하기에 **조잘조잘**이에요.

좋다

바람이 좋아
휙휙 가르며 달리고
힘껏 공을 차서 날리고
담벼락 올라 폴짝 뛰지

네가 좋아
가만히 손을 내밀고
어깨동무를 하고 싶고
천천히 걸으며 얘기한다

밥이 좋아
어머니가 차린 아침도
아버지가 지은 저녁도
내가 싼 도시락도 맛나

안 좋은 날 있으면
눈을 감고 생각에 잠겨
오늘 하루 고마웠고
이튿날 새로 사랑스럽기를 빌어

좋다 : 아쉽지 않도록 마음에 들어 **좋다**입니다. 마음이나 느낌이 시원하도
록 넉넉하고, 부드럽거나 곱고, 어울리는구나 싶고, 먹을 만해서 **좋다**예요.

주다

네가 건네서 주는 이 꽃
네가 베풀어 주는 웃음
네가 띄워서 주는 눈짓
네가 내밀어 주는 손길

내가 주고 싶은 사랑
내가 주려 하는 마음
내가 주면서 푸는 얼레실
내가 주면서 받는 이름

서로 힘을 주며 이루는 일
서로 틈을 주며 즐기는 삶
서로 뜻을 주며 짓는 노래
서로 밥을 주고받으며 도르리

하나를 알려줄까?
둘을 보여줄까?
셋을 들려줄까?
오롯이 다 해줄까?

주다 : 내가 보내거나 건네기에 너한테 있도록 하는 **주다**예요. 무엇을 할 틈도, 어떤 노릇도, 느낌도, 실도, 실마리도, 힘도, 마음도 주어요.

201

줄줄이

물잠자리는 까맣게
나비잠자리는 넓게
고추잠자리는 빨갛게
실잠자리는 가늘게

줄줄이 날아오르다가
하나씩 냇물에 퐁 퐁 퐁
스치듯 물낯을 건드리면
동글동글 퍼지는 물살

날갯짓을 내내 지켜본다
짝짓기를 내처 바라본다
알낳기를 내리 살펴본다
곧 여름이 저물려나

바람은 꾸준히 분다
햇볕은 지며리 내리쬔다
풀밭에서는 한결같이 노래판
나는 시나브로 꾸벅꾸벅 까무룩

줄줄이 : 줄로 잇듯이 있기에 **줄줄이**예요. 여러 줄로 있거나, 줄마다 다 있어
서 **줄줄이**라고도 해요.

즐겁다

조약돌 주워 공깃돌놀이
새끼줄 꼬아 줄넘기놀이
깨끔발 짚고 닭싸움놀이
언제나 즐겁다

바람 가르는 달리기
냇가 따라서 자전거
구름까지 높이 뛰어오르지
참으로 신난다

손수 달걀부침 하고
스스로 신 한 켤레 빨고
야무지게 등짐 나르고
늘 보람차다

졸린 동생 곁에서 자장노래
심심한 할머니 옆에서 책읽기
내가 심은 오이에 핀 꽃
모두 기쁜 하루야

즐겁다 : 무엇을 하면서 몸이며 마음이 가벼우면서 밝기에 **즐겁다**라고 해요.
바라던 대로 이루거나 되면서 마음이 탁 트여 가벼우면 '기쁘다'예요.

지겹다

똑같은 일을 되풀이할 적에
어느 때는 신나는데
어느 때는 지겨워
왜 그럴까?

소꿉놀이 인형놀이 연극놀이
제기차기 깨끔발 술래잡기
백 판 천 판 재미있어
따분한 적이 없지

아침에 낮에 저녁에
새참 주전부리 군것질 입가심
언제나 맛난 밥 한 그릇
물리는 날 없네

사랑한다는 말
좋아한다는 말
꿈꾸고 노래하며 춤춘다는 말
새록새록 빛나며 새롭다

지겹다 : 오랫동안 똑같구나 싫도록 이어져서 이제는 마음에 안 들거나 안
하고 싶기에 **지겹다**라고 해요.

지레

아직 안 했으니 설레
여태 못해서 두려워
곧 할 테니까 두근두근
끝내 못할까 싶어 걱정스러워

천천히 피어나는 설렘
지레 발목 잡는 두려움
차츰 자라는 두근거림
가득 차고 만 걱정바가지

설레니까 즐겁게 기다려
두려우니까 그냥 싫더라
두근두근하니까 손꼽으며 바라지
걱정하니까 마냥 고개를 돌려

같이 하니 반가운 놀이
함께 하면서 두려움 떨치고
서로 두근두근 손잡는 마음
모두 모여서 씻어내는 걱정

지레 : 아직 있거나 일어나지 않은 일을 두고서 걱정을 하거나 잘 알지 못
하면서 함부로 생각할 적에 **지레**라고 해요.

지피다

며칠 앞서 베고 훑은
쑥대랑 담쟁이덩굴이랑
모싯대랑 가랑잎을
마당 한켠에 모아

성냥을 긋고서
신문종이에 불을 당기면
잘 마른 풀은
타닥타닥 소리를 내

불을 지핀다
모깃불이 되고
쑥불도 모싯불도 되는
저녁나절 불을 지핀다

마른 댓가지를 살짝
불더미에 꽂으면
불길이 옮겨 붙으니
횃불처럼 들고서 마당을 달려

지피다 : 따뜻하게 하거나 태우거나 먹을거리를 하려고 불을 붙일 적에 **지
피다**라고 해요. 꿈이 밝게 일어나는 일을 빗댈 적에도 써요.

짐

어깨에는 어깨짐을
손에는 손짐을
머리에는 머리짐을
등에는 등짐을

작거나 크게 짊어지고
메고 이고 엎고 들어서
마실길에 저잣길에
씩씩하게 나릅니다

어머니, 짐 하나 줘요
나도 같이 들게
아버지, 짐 하나 나눠요
혼자 다 챙기지 마요

무겁거나 커다랗거나 많던
짐이 하나둘 사라지면서
함께 얘기하고
노래를 부르며 걷는 길

짐 : 들어서 가져가거나 옮기거나 나르기에 **짐**이라고 해요. 맡아서 할 일이
나, 번거롭거나 손이 가는 일도 **짐**이라고 해요.

집

밤에 잠들면서
새로운 아침을 꿈꾸고
밝은 해님 맑은 빗물 찾아들어
텃밭을 일구는 곳

서로서로 마음껏 뛰어놀고
심부름도 집안일도 나누고
아기랑 할머니가 어울리며
살림을 짓는 곳

새 한 마리 내려앉고
나비 두 마리 날아들며
개구리랑 뱀도 깃들면서
나무 그늘 시원한 곳

처마 밑 널판에 나란히 누워
두런두런 책 읽다가
해바라기 따뜻이 누리는
즐거운 보금자리가 우리 집

집 : 안에서 먹고 자고 살려고 지어서 **집**이에요. 함께 지내는 식구, 짐승이
나 벌레가 사는 곳, 물건을 사고파는 곳, 물건을 담는 곳도 가리켜요.

짓

까딱거리며 부르는 손짓
응? 무슨 일이지?
살금살금 가벼운 발짓으로
다가서 본다

동무가 턱짓하는 곳을 보니
저쪽에 들고양이 두 마리
짝을 짓고 걷다가 야옹
아, 이 몸짓 예뻐라

불러 주어 고마워
방긋방긋 웃음짓 절로 나온다
우리 저쪽으로 가자
덩실덩실 춤짓으로 놀자

어느덧 해가 저무는 때
아버지가 몸짓으로 부른다
저녁짓기 끝났어, 어서 오렴
상냥한 눈짓으로 동무랑 헤어진다

짓 : 손을 움직여 '손짓', 턱을 움직여 '턱짓'이듯, 몸을 움직이는 모습을 짓
이라고 해요. '예쁜 짓'이나 '바보짓'처럼 어떻게 구는 모습도 나타내요.

짓다

이건 뭐라고 해?
이 꽃은 무슨 이름이야?
처음 만난 너한테
사랑을 담아 이름을 짓는다

이제 옷이 작아서
동생한테 물려줘야겠어
어머니는 웃옷 아버지는 아랫도리
손길을 실어 새옷을 짓는다

이렇게 해도 될까?
저렇게 하면 어떨까?
날마다 꿈을 지어 보고
즐겁게 놀 생각을 짓는다

우리 집은 할아버지가 지었단다
우리 밭은 할머니가 처음 지었고
책걸상은 큰아버지가 지어 주었지
서로서로 아끼면서 노래를 짓는다

짓다 : 새롭게 나타나도록 하고, 이름을 처음으로 붙이고, 집·옷·밥을 마련
하고, 흙을 가꾸어 먹을거리 얻고, 이야기를 새로 내놓는 **짓다**예요.

찌푸리다

덜 익은 참다래 먹고
아이 셔 찌푸리다가
달며 시원한 배 먹고
아 참 맛나다

식초를 물로 여겨 마시고
으아 시큼해 찡그리다가
매실 삭인 물 마시며
아 이제 시원하다

동생이 자꾸 빼앗으니
얼굴 잔뜩 찌푸리고
누나가 늘 먼저라며
온낮을 일그러뜨리네

동생한테 다 주면 어때?
누나가 먼저 하면 어때?
네가 웃으면 하늘이 웃어
우리가 노래하면 꽃이 피어

찌푸리다 : 이마에 줄이 가거나 눈살이 지게 할 만큼 마음이 안 좋다는 **찌푸리다**예요. 날씨가 어둡거나 흐려서 안 좋을 적에도 써요.

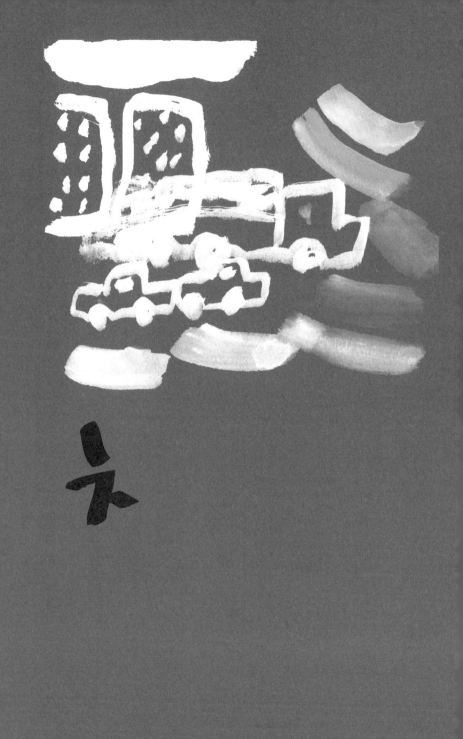

차다 1

배가 차서 못 먹어
슬픔이 차서 눈물이 터져
높이 차서 줄줄이 넘쳐
달이 차서 참 밝아

자꾸 엉덩이 차면 싫어
혀를 차며 놀리지 말자
굴러오는 일을 그만 차고
공을 힘껏 차서 띄우자

난 시계도 목걸이도 팔찌도
차고 싶지 않더라
넌 언제나 멍멍이를
곁에 차고 다니네

마음에 차는 꿈을 꾸고 싶어
기쁨에 차서 노래하고 싶다
이 땅을 힘껏 차면서
저 울타리를 박차고 넘어서겠어

차다 1 (움직씨) : 움직임을 나타내는 **차다**는 더 못 들어올 만큼인, 가득 있는, 발로 세게 맞춰 보내는, 몸 한 곳에 붙이거나 두는 몸짓이에요.

차다 2

찬국수도 더운국수도 좋아
비빔국수도 가락국수도 맛나
막국수도 쌀국수도 즐겨
김치국수도 메밀국수도 반갑고

찬물에도 더운물에도 씻어
샘물에도 냇물에도 낯 씻고
우물물에도 도랑물에도 손 씻고
여울물에도 바닷물에도 햇볕이 깃들어

찬밥 더운밥 안 가리고
윗자리 아랫자리 안 따지고
왼쪽 오른쪽 안 살피고
즐겁거나 기쁜 길을 걸어

손이 차가우면 내밀어 봐
우리 손 맞잡으며 녹이자
몸이 차면 이리 와 봐
서로 포근히 안으면 안 추워

차다 2 (그림씨) : 느낌을 그리는 **차다**는 온도가 낮은 날씨, 살갗에 닿거나 바람이 흐르는 온도가 낮을 때, 사랑스런 마음이 없을 때를 나타내요.

214

찰랑찰랑

내 마음은 물결입니다
찰랑찰랑 빛나고
출렁출렁 일어나고
철렁철렁 힘센 너울입니다

내 걸음은 바람입니다
차르랑차르랑 나뭇잎이랑 놀고
치렁치렁 꽃내음 늘어뜨리고
때로 촐랑거리는 파란구름입니다

내 손길은 해님입니다
찬찬히 고루고루 비추고
찬기운 말끔히 씻고
차곡차곡 열매 맺는 불씨이지요

내 사랑은 숲입니다
차르르 차르르 풀벌레 노래 담고
치리 치리 치리 멧새 노래 싣고
흙짓는 이웃 아끼는 풀님이에요

찰랑찰랑 : 물결이 작고 가볍게 자꾸 흔들리는 소리·모습이 **찰랑찰랑**이에
요. 물이 가볍게 넘칠 듯한, 가볍고 부드러이 흔들리는 모습이기도 해요.

참

해질 무렵 뛰쳐나오는 별
밤하늘을 참 초롱초롱 밝혀
해뜰 즈음 숨는 별
밤새 노느라 참 졸립겠지

동틀 나절 벌어지는 수세미꽃
한가을 들빛처럼 참 노랗다
어스름 깔리면 다시 오므려
낮 내내 활짝활짝 참 고왔지

어머니가 쪄서 한밤 재운 떡
하루 묵히는데 참말 달아
아버지가 밭에서 갓 훑은 풀
곧장 씹는데 참으로 고소하네

어느 때 어떤 곳에서나
고스란히 환한 빛이고
한결같이 밝은 모습일 적에
바로 참이구나

참 : 있는 그대로이기에, 안 맞거나 아니라고 할 수 없을 적에 **참**이라 해요.
있는 그대로가 아니거나 안 맞거나 아니라면 '거짓'이겠지요.

찾다

아침부터 사라진 동생을 찾는다
모르는 말을 알려고 사전을 찾는다
할머니 선물 사려고 돈을 찾는다
너한테 빌려준 책을 찾는다

심심하기에 놀 동무를 찾는다
먼 데 사는 벗을 찾아간다
좋은 연필을 찾아서 쓴다
맑은 바람 마시며 기운을 찾는다

겨울숲 찾아가 눈밭을 밟는다
배움터 찾아가 즐겁게 배운다
줄넘기돌이란 이름을 다시 찾고
숨은그림을 찾으며 이야호!

낯선 곳에서 길을 찾아본다
새로 이룰 꿈을 찾아나선다
한동안 잃어버린 생각을 찾고
따스한 마음 찾으면서 노래한다

찾다 : 있는지 보려고 하기에 **찾다**예요. 몰라서 알고 싶기에, 나한테 없거나
남한테 빌려준 것을 받을 때, 누구나 무엇을 보려 할 때 **찾다**예요.

책

어머니는 다섯 살에 뭐 했어?
아버지는 아홉 살에 뭐 했어?
어머니는 앞으로 꿈이 뭐야?
아버지는 어제 무슨 꿈 꿨어?

난 네 살 적에
아직 헤엄 못 쳤어
난 여덟 살이 되면
누나보다 더 빨리 달릴 테야

내가 어머니만큼 크면
어머니 업고 다닐래
내가 아버지만큼 자라면
아침저녁으로 맛난 밥 차려 줄게

어머니 꿈을 책으로 쓸래
아버지 살림도 책으로 쓸래
누나 얘기도 내 하루도
몽땅 우리 책으로 쓸래

책 : 살면서 배우거나 보거나 느끼거나 생각한 이야기를 글·그림·사진으로 엮어서 묶은 꾸러미가 **책**이에요. 종이책도 있지만, 마음책도 있답니다.

척척

서두르다가 넘어질라
자꾸 다그치면 마음도 바빠
살며시 숨을 돌려
차근차근 나설 적에 척척 이뤄

이 많은 책 언제 읽냐 싶고
그 많은 얘기 어찌 알랴 싶은데
두고두고 느긋느긋 배우려 하면
하나하나 깨달으며 척척이 되지

어려운 일이란 없어
조금씩 다가서면서 하면 돼
못할 일도 없지
서로 도우며 하면 돼

너는 척척돌이 나는 척척순이
우리 곁에 척척어머니 척척아버지
척척이웃 척척벗
모두모두 척척척척 재미있어

척척 : 시원스럽게 잘 하는구나 싶어 **척척**이에요. 가지런히 잘 되는 일이나,
아주 어운피는 모습도 **척척**이라고 해요.

철렁하다

물이 철렁철렁하는
그릇을 든 네가
촐싹거리며 걸으니
내 마음이 철렁

큰비 내려 철렁하는
좁은 냇둑길에서 네가
촐랑이며 자전거 달리니
내 가슴이 철렁

그릇에 물을 덜면 안 돼?
꼭 좁은 길을 달려야 해?
아슬아슬하게 해야 해?
떨려서 못 견디겠어

사뿐사뿐 걸어가자
천천히 달리자
촐싹대지 않아도 노래야
촐랑대지 않아도 춤이야

철렁하다 : 물결이 크게 치면서 흔들릴 적에 **철렁하다**고 하지요. 어떤 일에
크게 놀라서 가슴이 내려앉듯 하다고 할 적에도 **철렁하다**고 하고요.

철철

비가 퍼붓는다
막 들이붓는다
마치 몽땅 집어삼킬 듯
쉬지 않고 내리붓는다

개울은 시냇물 되고
시내는 냇물 되고
냇물은 가람물 되더니
여기저기 철철 넘치는 물

이 어마어마한 물은
어떻게 저 높은 하늘에
구름으로 자라다가 빗물로 바뀌어
내릴 수 있을까

궁금한 이야기도 철철
풀고 싶은 수수께끼도 철철
쏟아지는 생각도 철철
터져나오는 말도 철철

철철 : 물이 흘러서 넘치는 모습이 **철철**이고, 마음이나 느낌이 가득하다고
할 적에, 눈물이나 땀이나 피가 많이 흐를 적에도 **철철**이에요.

촐싹

촐싹거리며 서둘러 피어난
노란 빨간 발그스름 꽃
한창 눈부시더니
이내 저물고는

촐랑대듯 바삐 지고는
폭 옹크린 모습으로
까맣게 시들더니
툭 떨어진다

참 방정맞은 개구쟁이 같던
꽃이었는데
하루 이틀 엿새 이레
조용히 지난 어느 날

장난꾸러기 말괄량이 모습
온데간데없고
야무지고 어여쁜
씨앗 한 톨 내놓는다

촐싹 : 이리저리 가볍게 굴거나 움직일 적에 **촐싹**이라고 해요. 가만히 안 있고 남을 건드리거나 부추기거나 움직이게 할 적에도 **촐싹**이지요.

출출하다

그 일을 하느라
힘을 쭉 뺐더니
축 처지며
뱃속이 꼬르륵

놀 적에는 모르다가
땀 훔치자며
풀썩 주저앉으니
너도나도 꾸르륵

출출한가
배고픈가
기운이 없거나
더 못 놀려나

걸어 집에 갈 다리힘도
수저 들 아기힘노
몽땅 바닥이더니
먹기 무섭게 살아난다

출출하다 : 배가 살짝 비어서 무엇을 먹고 싶어서 **출출하다**고 해요. 배 속이
비어서 무엇을 먹고 싶으면 '고프다·배고프다'이고요.

춤

처마 있는 시골 나무흙집에
봄제비 찾아와
둥지 바지런히 고치고
새끼 낳아 돌본다

너른 들판에서 먹이 얻고
깊은 숲에서 노래하고
냇물을 가볍게 마시고
맑은 하늘에서 춤춘다

어미 제비 두 마리
파란 바람 눈부시게 가르며
찍찍 짹짹 뺙뺙
놀이하듯 하늘춤

새벽 네 시 오십 분에
하루를 열고
저녁 일곱 시에
하루를 접더라

춤 : 가락, 장단, 노래, 흐름, 바람에 맞추어 몸이나 팔다리나 손발이나 얼굴
을 움직일 적에 춤이에요. 저절로, 신나게 움직일 적에도 춤이고요.

치다

배불리 먹었다면서
배를 통통 치는 조카
옆에서 깔깔 웃으며
배치기 따라하는 동생

아버지는 장구를 꺼내 치고
어머니는 북을 가져다 친다
나는 피아노를 치고
할머니는 손뼉을 친다

갑자기 터져나오는 노래에
처마 밑 고양이 달음질 치고
할아버지는 눈웃음 치고
동생은 신바람나서 마룻바닥 치네

이때 하늘에서
꽈릉 꽈르릉 벼락 치는 소리
크게 내리치는 소리에
우리 모두 멈칫멈칫

치다 : 손이나 연장을 써서 세게 닿도록 하는 **치다**예요. 세게 닿아 소리가
나도록, 손에 든 것으로 세게 닿도록 하면서 놀기에 **치다**이지요.

치우다

밥 먹은 자리
안 치우니
개미가 까맣게 모이고
온갖 벌레가 잔치한다

저녁에 자기 앞서
발 안 씻으니
이불에까지
고린내가 밴다

한창 놀던 장난감을
안 치우고서
다른 놀이를 하는데
아차차 그만!

내 아끼는 장난감을
내가 밟아서
우지끈 망가졌어
으앙!

치우다 : 처음 있던 데에서 다른 데에 있도록 하는 **치우다**예요. 어디에 어지러운 것이 없도록, 하다가 더는 안 하는, 먹어서 없애는 **치우다**예요.

칠칠하다

엊그제만 해도 시든 밭자락에
부추가 쏘옥쏘옥 오르더니
어쩜 며칠 사이에
칠칠하게 자랐을까

밥알 흘리는 일이 없고
길 가며 딴청 안 하고
맡은 심부름 똑부러지는
칠칠하게 고운 우리 누나

아직 엉성하고 더디고
글씨는 비뚤비뚤하지만
칠칠한 구석이 없이
칠칠맞지 못한 매무새이지만

날마다 차근차근 가다듬고
아침저녁으로 꾸준히 힘써
칠칠하지 못한 나에서
칠칠한 새모습이 될래

칠칠하다 : 풀이나 털이 잘 자라서 알차고 긴 **칠칠하다**이고, 몸짓·말짓이 단
단하고 바른, 차림새가 허술하지 않고 깨끗한 **칠칠하다**입니다.

카랑하다

고샅을 돌아
집으로 오는 길에
쩌렁쩌렁 울리는
우리 언니 말소리

온마을 새 개구리 나비
화들짝 놀라겠네
말 한 마디에도
그득그득 힘 실리네

자전거 달려
이웃마을 이르는데
카랑카랑 퍼지는
울 동무 노랫소리

온길 아저씨 아주머니
깜짝깜짝 놀래킬까
그렇지만 노래는
시원시원 불러야 제맛이라나

카랑하다 : 목소리가 쇳소리처럼 높으면서 맑을 적에 **카랑하다**라고 합니다.
하늘이 맑으면서 차다고 할 적에도 **카랑하다**이고요.

칸

내가 들어가면
꼭 맞아서 아늑한
종이상자 집에
고양이처럼 온몸 옹크린다

언니랑 둘이 들어가도
넉넉해서 책이랑 장난감
챙겨 놓고 노는 큼직큼직 상자
소꿉살림 펴고 논다

팔다리 뻗고 누울
알맞춤한 칸 하나면
딱 좋아
한 칸 늘려 붙여도 되고

두 칸 상자집에 들어앉아
글월을 적어 본다
이모한테 조카한테 띄울 얘기
한 칸 두 칸 채운다

칸 : 빙 둘러막아서 **칸**입니다. 글이나 글씨를 써넣는 **칸**이고요. 빙 둘러막은
데를 '한 **칸**'이나 '석 **칸**'처럼 세기도 해요.

칼칼하다

말하다가 자꾸 걸리고
콜록콜록하네
아무래도 오늘 목이 잠기네
좀 칼칼하다

같이 반죽을 하고
고명을 띄워
칼국수 한 그릇
칼칼히 끓여 볼까

그런데
왜 칼칼하다고 하지?
응 느낌이야
컬컬 클클 껄껄 깔깔

그때그때
몸이며 목이며 물이며
가만히 느끼는 대로
결을 새로하며 나타내

칼칼하다 : 목이 말라서 무언가 마시고 싶은 **칼칼하다**예요. 목이 살짝 쓰라
려 거칠구나 싶은, 목을 살짝 쏘는 듯한 맛인 **칼칼하다**이고요.

캄캄하다

보름달이 저물어
그믐달로 가니
밤하늘이 참 어두워
밤길 걷기 힘드네

초승달조차 없고
별도 구름에 가리니
이토록 캄캄하구나
시골 밤은 참 고요해

나는 꽃 나비 새 이름은 환하지만
물고기 배 그물 이름은 어두워
너는 숲길에서 눈 감고도 다닌다지만
서울에 가면 길눈이 어둡다지

물구나무서기는 신나지만
콰당 넘어지면 아이고 눈앞 캄캄
즐겁게 배우면 웃음이 활짝
배우기 따분하면 아이쿠 온통 깜깜

캄캄하다 : 아주 까맣기에, 새까맣기에 아무것도 안 보이는 **캄캄하다**요, 빛이
없다는 느낌이에요. '깜깜하다'는 여린말, '컴컴하다'는 센말이에요.

캐다

자꾸 캐묻지 마
캐면 캘수록 더더욱
말하기 싫거든
말하고 싶은 때까지 기다려

그만 캐면 어떨까
모래구덩이 꽤 깊어
이제 이 구덩이에서
재미나게 놀자

메추리알은 네가 다 건졌는데
또 있을까 싶어
풀무침 사이를 캐네
풀무침을 좀 먹어 봐

스무고개를 하는데
캐면 캘수록 오히려
알쏭달쏭하네
이제 그만 수수께끼를 풀어 줘

캐다 : 묻힌 것을 연장을 써서 꺼내기에 **캐다**예요. 모르거나 감춰지거나 안 드러난 이야기를 밝힐 적에도 **캐다**이고요.

켜다

어두운 밤이면
전깃불이든 등불이든 촛불이든
살며시 켜서
집안을 밝히지

힘껏 일한 어머니 아버지
신나게 논 우리
기지개 켜며
온몸을 펴지

피리 부는 곁에
북을 치는 곁에
거문고 켜는
우리 할아버지

먼먼 옛날부터 흐른
상긋한 바람이
마루를 감돌아 출렁이네
샘물 들이켜며 시원하다

켜다 : 초에 불이 붙고 전등에 불이 들어오게 하는 **켜다**요, 몸을 쭉 뻗는 **켜
다**이고, 줄 있는 악기를 다루는 **켜다**에, 물을 잔뜩 마시는 **켜다**예요.

켜켜이

가으내 거두는 열매를
차곡차곡 갈무리해서
곳간에 켜켜이 건사하니
겨우내 느긋하지

하루하루 지은 이야기를
두고두고 되새기며
마음에 켜켜이 묻으니
오래도록 즐거워

쌓기만 하면 케케묵지만
돌보거나 아끼면 푸진 살림
쌓고서 잊으면 좀이 슬지만
살뜰히 손질하니 알찬 세간

감자 옥수수 고구마 단호박 달걀
넉넉히 쟁여 삶는다
한소끔 두소끔 세소끔
솔솔 익으며 군침 꼴깍

켜켜이 : 여러 '켜'가 있도록 하는 **켜켜이**인데, 한 곳에 고스란히 올리고 또
올리는 여럿 가운데 하나를 '켜'라 해요. '오랫동안 쌓은'도 나타내요.

켤레

한 짝은 신고
한 짝은 벗고서
콩 콩 콩
깨끔발 놀이

물려받은 신 한 켤레
어느새 발에 꽉 끼어
동생한테 다시 물려주고
새 신 한 켤레 얻어

왼손 오른손 두 손에
어깨동무 장갑 한 켤레
왼발 오른발 두 발에
사이좋게 버선 한 켤레

치마 바지 저고리 한 벌
신 버선 장갑 한 켤레
하나만 덩그러니 있어 짝
둘이 나란히 있으니 켤레

켤레 : 짝이 되는 둘을 하나로 보면서 셀 적에 **켤레**라고 해요. '양말 한 **켤레**'
나 '신 두 **켤레**'나 '장갑 세 **켤레**'처럼 써요.

코

민들레 꽃대를 꺾어다가
마당에서 후후 날리는데
꽃씨 하나
콧잔등에 앉네

두 눈은 코를 보며
땡글땡글
꽃씨 떨어질라
가만히

바람이 살짝 불어
꽃씨가 콧등을 구르니
간질간질
아, 못 참겠어

에취
재채기 타고 재주넘기
훌쩍 지붕 넘고
멀리 가는 꽃씨

코 : 숨을 쉬고 냄새를 맡는 **코**인데, 콧물이나, 버선이나 신에서 앞에 조금
높게 나온 데도 가리켜요. 뜨개질이나 그물에서 매듭 하나도 가리켜요.

콕콕

빙빙 돌리니까 모르겠어
그냥 바로 말하렴
콕
짚어 주렴

저기요 길을 여쭈려고요
첫길이거든요
콕콕
어깨를 손가락으로 살몃살몃

골짜기에서 물놀이하며
온몸을 물에 담그니
콕콕콕
송사리가 발가락에 입맞추네

막내가 귀여운 짓을 한다며
할아버지한테 조용히 다가가더니
콕콕콕콕
코맞춤하고 까르르 웃어

콕콕 : 끝으로 가볍게 찌르거나 찔려서 아파 **콕콕**, 마음을 자꾸 건드리거나 마음에 깊이 남는 **콕콕**, 어느 곳을 잘 알도록 짚는 **콕콕**이에요.

콜콜

골짜기에서 물놀이 즐기다가
덜덜 추운 몸 말리려고
바위에 누워 해를 보는데
문득 듣는 물소리

콰르르 콸콸
쿠르르 쿨쿨
코르르 콜콜
쿠륵쿠륵 쿨러러렁

골짝물 소리가 이랬던가?
시냇물 소리하고 다르네?
큰냇물 소리하고도 달라?
샘물 솟는 소리랑 다르고?

한참 물소리 듣고
따뜻한 볕 살갗으로 먹는데
어느덧 물노래 흘러
코올코올 잠들었다

콜콜 : 아주 힘든 몸으로 깊이 잠들며 내는 소리인 **콜콜**이고, 물이 가늘고
세게 흐르는 소리에, 살짝 썩은 듯한 냄새인 **콜콜**이에요. '쿨쿨'은 큰말.

콩

맨 처음엔
아무 일 없어요
며칠 지나도
그냥 맨흙이고요

이레가 지나니
조그마니 트는 싹
이러다가 떡잎
이윽고 줄기에 하얀 꽃

눈부시며 작은 꽃이
얌전히 흐드러지다가
이 꽃이 지면서
어찌 된 줄 아셔요?

올망졸망 푸른 것이 살짝
어느새 굵어지고 커져서
꼬투리가 맺혔고
바로 콩알이 되었어요

콩 : 한해살이풀이면서 작고 동글동글한 열매를 맺는 **콩**인데, 콩이나 콩알을 '매우 작은' 것이나 '작고 동글한' 것이나 '작고 귀여운' 것에 빗대요.

콩닥콩닥

신을 벗고 풀밭에 서서
가만히 손 들어 하늘로 뻗으니
풀내음 흙맛 바람결
온몸으로 쏘옥쏘옥

딱딱한 아스팔트 시멘트
어지러운 서울 한복판이어도
숲을 그리며 눈을 감으니
멀리서 날아오는 숲바람 살랑

꿈꾸는 밤에 종다리 찾아와
나를 업고 무지개를 타며 날더니
아롱다롱 어우러진 물방울다리
건너는 동안 콩닥콩닥

아침해가 마루로 스며서 일어나는데
어라?
옷도 얼굴도 손도 촉촉하네
밤새 무슨 일이?

콩닥콩닥 : 몹시 놀라거나 설레서 가슴이 조금씩 자꾸 뛰는 **콩닥콩닥**이에요.
절구나 방아를 찧으며 가볍게 자꾸 나는 소리이고, '쿵덕쿵덕'은 큰말.

크디크다

이 손은 작아서
큰 작대기는 못 쥐지만
작은 호미를 쥐고
작은 씨앗을 심어

이 눈은 작아서
커다란 하늘을 다 못 보지만
조그만 개미가 기어가는
조그만 오솔길 같이 보며 걸어

이 신은 작아서
크디큰 발에는 안 맞겠지만
작디작은 아기 발은 꼭 맞아
아장아장 걸음마 배워

이 옷은 작아서
큼직한 어른은 못 입지만
무럭무럭 크고픈 어린이가
즐겁게 입으며 꿈을 꿔

크디크다 : 매우 크니까 **크디크다**인데, '크다'는 여느 것이나 다른 것보다 더
되거나 있거나 넘거나 남거나 넉넉하거나 높거나 깊은 모습이에요.

키

키가 자라면
키가 하늘 높이 자라면
껑충 뛰어올라 구름 타고
머나먼 별나라로 나들이 가지

키가 조그맣다면
키가 손가락만큼 조그맣다면
제비 등에 살포시 올라타고
바다 건너 이웃집에 마실 가지

키가 커다랗다면
키가 나무처럼 커다랗다면
할머니 안고 할아버지 업고
온누리 어디로든 재미나게 놀러다니지

키가 콩알만큼 작으면
키가 깨알만큼 작으면
개미 등에 사뿐히 앉아
땅속 깊이 이곳저곳 누비고 놀지

키 : 반듯하게 설 적에 발바닥부터 머리끝까지 길이를 살피며 **키**라고 해요.
사람뿐 아니라 물건을 세운 높이를 따질 적에도 써요.

키우다

키우고 싶다면 키우자
새끼고양이도 강아지도
얼마든지 맞이해서
살뜰히 보살피며 지내자

키우려는 마음이니 키우지
꽃씨 놓아 꽃을 키우고
풀씨 뿌려 풀밭 키우고
나무씨 심어 숲을 키워

할머니 할아버지는 온 사랑으로
아버지 어머니를 키우셨고
어머니 아버지는 온 기쁨으로
우리를 키운대

그래서 말이지
우리도 키우고 싶어
우리 마음을 키우고
우리 꿈을 키우려 해

키우다 : '크게 한다'는 **키우다**는, 잘 지내도록 하는, 더 깊게 하는, 어떤 솜씨가 있도록 익히는, 마음·꿈이 있도록 하는, 가르치는 자리에 써요.

타다

별똥을 타고 날다가
호로록 불씨가 사그라들면
꼬리별로 옮겨 타고서
다른 별누리로 나들이

꽃씨 물어 나르는 개미를 타고
땅속 깊이 여기저기
돌아다니고 싶어서
깨알만큼 작아지는 꿈 꾸기

낮잠 자는 어머니 등허리를
바다 가르는 배로 여겨 타지
밤잠 자는 아버지 등판을
하늘 나는 배로 삼아 타고

바닷배 하늘배 별누리배
언제나 신나는 탈거리 되고
구름 무지개 빗방울 꽃잎
늘 재미난 탈것 되지

타다 : 어디로 움직이는 것에 몸이 있도록 하는 **타다**요. 틈을 쓰거나, 바람·
물결에 실리거나, 미끄러지듯 달리거나, 놀거리를 즐기는 **타다**예요.

246

탈

토끼 탈을 쓴
늑대가 저기 있다면
늑대 탈을 쓴
토끼가 여기 있어요

늑대는 늑대로
고운 벗이 될 수 있는데
왜 토끼라는 탈을 써야
다가설 수 있다고 여길까요?

토끼는 토끼로
힘센 동무가 될 텐데
꼭 늑대라는 탈을 써야
씩씩할 수 있는 줄 여길까요?

나는
오늘도 모레도 탈이 없이
내 얼굴이 되겠어요
나는 나로 만나고 서겠어요

탈 : 얼굴을 덮어서 안 보이게 하거나 다르게 보이는 탈이에요. 마음을 속에다 감추고 겉으로는 거짓스러운 다른 모습이나 얼굴일 적에도 써요.

탐탁하다

싫은 일을 생각하면 있지
그 싫은 일에
새 싫은 일이
자꾸 뒤따르더라

아까 넘어지기는 했는데
무릎은 멀쩡해
뭐 넘어질 수 있지만
씩씩히 일어나면 되더라

못미덥거나 못마땅해서
눈살을 찌푸릴 수 있지만
가볍게 웃어 봐
그러면 달라지더라

탐탁히 보는 눈이 반가워
흐뭇이 듣는 귀가 산뜻해
즐거이 주는 손이 고와
선선히 부는 바람이 가을이야

탐탁하다 : 마음에 들어서 아쉽지 않거나 넉넉하다고 느끼는 **탐탁하다**예요.
바라던 대로 마음에 드는 느낌이지요.

터

맑은 물은 샘터
즐거운 우리 보금자리터
나무가 푸른 숲터
구름이 가득 하늘터

즐겁게 가꾸는 꿈터
사이좋게 나누는 배움터
도란도란 이야기터
처음으로 지은 새터

묵은 때 벗는 빨래터
그림책 만화책 좋아 책터
다리에 기운나도록 쉼터
마실을 가는 저자터

알뜰살뜰 일터
하루가 싱그러운 살림터
이 별은 삶터
우리가 사랑하는 놀이터

터: 집을 지으려고 하거나 집을 지은 땅을 따로 **터**라고 해요. 집이 있던 자리도, 무슨 일이나 놀이를 할 바탕도 **터**라고 합니다.

털다

한겨울에도 볕 좋은 날
이불 베개 모두 들어내어
마당에서 끝을 붙잡고
팡팡 털어

어머니한테 선물하고 싶고
동무한테 선물해 주고 싶어
주머니를 탈탈 털어
책 두 권 장만했어

함박눈이 펑펑 쏟아져서
동무를 부르고 동생을 이끌어
온몸 눈사람 되도록 놀 적에
머리에 앉은 눈은 안 털래

그래도
밖에서 흙놀이 모래놀이 했으면
바짓단 흙 모래 다 털라는
아버지 지청구를 떠올리지

털다 : 더 안 붙도록 흔들거나 치는 **털다**요. 우리한테 있는 모두를 내놓거
나, 남한테 있는 모두 훔치거나, 마음에 안 남도록 하는 **털다**예요.

텁수룩하다

어린이는
턱 밑도 코 밑도
귀 언저리도
팔뚝 종아리도

가슴이며 겨드랑이
어디를 보아도
보드라이 한들한들
솜털

어른은
모두 그렇지 않으나
텁수룩이 아재
텁수룩쟁이 아저씨

텁수룩꾼 오빠
텁수룩벗 큰아버지
텁수룩잔치 사람들
쉽게 만나요

텁수룩하다 : 털이 많이 나거나 자랐는데 좀 어지럽게 있는 모습을 **텁수룩하**
다고 해요. 여린말은 '덥수룩하다'이고, 작은말은 '탑소록하다'예요.

텅

우리가 발을 디디는
이 땅덩이는
속이 텅 비었을까
또다른 마을이 가득할까

통통 튀기며 노는
이 말랑공은
속이 텅 비었을까
바람이 가득 들었을까

아무것도 모르겠다는
이 말 한 마디를 할 적에
우리 머리는 텅 비었을까
이제부터 배우려는 마음일까

지구 바깥 별누리는
시끌벅적 뭇별로 북적일까
고요히 텅 비었을까
나고 지는 별빛이 가득할까

텅 : 꽤 크거나 넓거나 깊은 곳에 아무것도 없는 모습을 **텅**으로 나타내요.
묵직한 것이 세게 부딪히거나 떨어지면서 나는 소리도 **텅**이라 해요.

톡톡하다

여름 뜨개옷은 좀 성글게
겨울 뜨개옷은 퍽 톡톡히
날씨를 살펴서
한 올 두 올 엮어요

엊그제 먹은 국은
살짝 짜고 톡톡했어
오늘 끓일 국은
물을 넉넉히 잡자

동생하고 다툰 날
팽 토라져서 그만
설거지하다 접시 깨고는
꾸지람 톡톡히 들었지

이제 와 생각하니
아무 일 아닌데 틱틱거렸지
마음 다잡고 심부름 맡으며
내 몫을 다시 톡톡히 할래

톡톡하다 : 천을 고르고 단단하고 알맞고 두껍게 짜는, 일을 제대로 하는,
국물이 알맞게 줄어 짙은, 보람이 넉넉한, 크게 다그치는 **톡톡하다**예요.

통틀어

돌길 밟으며 돌을 느낀다
아스팔트길 디디며 아스팔트 느낀다
숲길 지나며 숲을 느낀다
골목길 누비며 골목을 느낀다

저마다 다르기에 늘 달리
느끼고 헤아리고 살피지
통틀어서 보아도 좋지만
낱낱이 떼어서 바라볼래

때로는 요모조모 섞거나
두루두루 아우르기도 해
함께 있어 즐겁기도 하고
같이 지내서 반갑기도 해

오늘까지 살아온 날을 통틀어
스스로 기뻤던 일을 새길까
오늘부터 살아갈 날을 아울러
손수 지을 꿈을 그려 볼까

통틀어: 있는 대로 더하거나 한데 묶기에 **통틀어**라고 해요. '통틀다'라는 움직씨예요.

퉤

해오라기가 날아오르면서
뽀직뽀직 하얀 물똥
논둑에 하나 둘 셋
뿌려 놓네

우렁차게 떼노래 하던
개구리들인데
우리 발자국 소리 들었는지
물똥 지리면서 첨벙

나무도 침을 뱉을까?
꽃도 침을 뱉을까?
삼키지 않고 퉤 퉤 뱉는
어른들 볼썽사나워

하늘을 봐
구름이 비를 뿌려
달디단 시원한 맑은
이슬꽃을 베풀어

퉤 : 침을 뱉을 적에 내는 소리인 **퉤**예요. 사전을 보면 '퉤'만 나오는데, 사
람마다 입을 다르게 오므려서 뱉으니 '퇴'도 '퉷'도 '퉷'도 '퇫'도 돼요.

툭하면

너는 걸핏하면 묻지
"왜 안 돼?" 하고
나는 으레 대꾸하지
"네가 먼저 생각하렴."

너는 툭하면 따지지
"왜 난 안 돼?" 하고
나는 다시 얘기하지
"즐겁게 자꾸 해보렴."

너는 심심하면 투덜대지
"왜 가면 안 돼?"
나는 거듭 알려주지
"우리가 그린 길을 가자."

너는 모르면 말하지
"왜 난 아직 몰라?"
나는 상냥히 속삭이지
"응, 이제부터 배우려고."

툭하면 : 작은 일이라도 있으면 늘 바로 무엇을 한다는 **툭하면**이에요. 어떤
모습이나 몸짓을 버릇처럼 보일 적에도 **툭하면**이라 해요.

트다

어디 틈이라도 생겼는지
바람이 솔솔 들어오네
겨울 오기 앞서
트인 곳 찾아서 메우자

밭에 빗물이 잔뜩
고이고 흘러넘치려 해
두둑 한 곳을 터서
물길을 내자

아직 서먹한 사이라서
말을 트기 어렵다면
'같이 놀까?'라고 적은 글월을
곱게 접어서 건네자

겨울에 춥다고 웅크려도 되지만
창문 활짝 열고서 비질하고
눈앞이 확 트이는
멧골에 올라 보자

트다 : 막은 것을 없도록 하는 **트다**요, 서로 오가거나 이어지거나 만나는,
말씨를 가볍게 하는, 세로로 길게 가르는, 자리를 마련하는 **트다**랍니다.

튼튼하다

아침에 일어나면 먼저
파란 물잔으로 물 마시고
풀 나무 꽃한테
잘 잤느냐고 물어

바라는 일 담은 그림
차분히 바라보고 나서
책상맡 방바닥 슥슥
쓸고 닦는데

노는 자리 배우는 자리
먹는 자리 지내는 자리
모두 정갈히 두면
마음도 싱그럽고 좋지

튼튼히 다지는 마음
튼튼히 누리는 이
튼튼히 자라는 몸
튼튼히 가꾸는 생각과 말

튼튼하다 : 걱정할 일 없이 기운이 있고, 잘 안 부서지거나 안 다치는, 힘있
거나 알찬, 마음·생각이 곧거나 바른, 잘 흔들리지 않는 **튼튼하다**예요.

틈

날마다 그지없이 반가운
주전부리 즐길 틈
살짝 낮잠 누릴 틈
차분히 하늘 볼 틈

아주 적어도 새힘 나는
배우다가 숨돌릴 사이
걷다가 다리 쉴 사이
너하고 나하고 좋은 사이

얼른 벗어나고 싶은
어지러이 붐비는 틈바구니
떠들썩해 귀청 아픈 틈바구니
낯선 사람들 틈바구니

구멍난 틈새로 바람 들어온다
빈틈은 좀 있어도 좋아
쉴새없이 뛰놀면 힘들더라
이야기터에 서로 말할 틈 푸근히

틈 : 막히지 않아 드나들 수 있는 **틈**이에요. 이 일·놀이를 하다가 다른 일·
놀이·생각을 할 만한 짧은 때, 함께 어울리는 자리도 **틈**입니다.

파다

민들레씨 당근씨 가볍게 묻고
옥수수씨 콩씨 살며시 심고
나무 한 그루는
땅을 파서 옮겨

갉작갉작 먹다가
덥석덥석 먹다가
반 통은 숟가락 쥐고
속을 파먹는 수박

궁금한 이야기 파고
아직 모르는 살림 파고
새로운 책 하나는
샅샅이 파듯 읽어

더워 목 파인 옷을 입고
무 꽁댕이에 글씨 파서 찍고
흙놀이 하며 낀 손톱때 파고
아기는 어머니젖 파다가 잠들고

파다 : 속에 있는 것을 깎거나 뚫거나 헤치고 걷어내어 동그스름하고 깊이
되도록 하는 **파다**요, 구멍을 내어 그림·글씨를 넣는 **파다**예요.

파랗다

똑같은 바람을 마셔도
거미 지렁이 무당벌레
새 나무 꽃 사람
모두 다른 빛깔이야

똑같은 바람이 흐르는데
발전소 공장 골프장 옆
바다 숲 냇물 곁
모두 다른 숨결이야

이 바람은
하늘 닮아서 파랑일까
저 하늘은
바람처럼 맑을까

해를 보며 눈을 감다가
가만히 뜨면
온통 파랗게 보여
우리 몸은 어쩌면 파랑일까

파랗다 : 맑은 하늘이나 깊은 바다 빛깔과 같아서 **파랗다**입니다. 아주 젊은,
춥거나 무서워서 얼굴이나 입술에 핏기가 없는 **파랗다**이고요.

파르르르

숨소리도 안 내고
아주 얌전히 앉았는데
마루에 켜 놓은 촛불이
파르르 파르르 춤추네

시원스레 바람이 쏟아지는 날
우리 마당 나무는 모두
가지마다 뭇잎이 퍽 신나게
파르랑 파르랑 춤추지

저기 봐
처마 밑 둥지를 막 뛰어내린
새끼 제비 다섯 마리가
파닥 파닥 파닥 날개춤 한판

달큼한 오얏알 골라
입에서 녹이면 보름달 얼굴
시디신 오얏알 걸리면
파르르르 눈썹까지 떨리는 덜덜춤

파르르르 : 가볍게 꽤 떠는, 몹시 성이 나는, 얇은 종이나 마른 잎에 불이 가
볍고 크게 붙는, 날개를 가볍게 떠는 '파르르'요, 힘주어 **파르르르**예요.

판

부엌일 야무지게 도와
함께 둘러앉는 먹자판
아침에서 낮 저녁 알뜰히
맞이하며 돌아보는 배움판

아침해가 비치는 이슬이
반짝반짝 티없이 빛물결판
오늘은 어제와 다르면서
똑같이 신나는 놀이판

날마다 보는 얼굴이지만
동무랑 있으면 이야기판
밭에서 들에서 집에서
아버지는 언제나 일판

물감을 펼치면 그림판
한겨울에 하얗게 눈판
너도 나도 목청껏 노래판
막내 돌잔치에 넉넉히 떡판

판 : 일이 있거나 벌어져서 모이거나 어우러지거나 즐기거나 하는 **판**이며,
어떻게 되거나 흐르는 모습도 가리키고, '가위바위보 세 판'처럼 썼어요.

팔팔하다

새벽 다섯 시
희뿌연한 때부터
밤 열 시
깜깜한 때까지

어제도 생생하고
그제도 개구지고
그끄제도 탄탄하고
오늘도 팔팔하구나

밥도 맛나고
잠도 달고
셈배움도 재미나고
놀이도 즐거워

먹어도 더 먹고파
잤어도 또 자고파
배우니 자꾸 배울래
그러니 놀아도 끝없이 놀아

팔팔하다 : 날아다닐 듯이 기운이 넘치는 **팔팔하다**이고, 서두르면서 거칠고
세구나 싶을 적에도 **팔팔하다**예요.

포동

여치 베짱이 풀무치 메뚜기
풀밭에서 풀내음 먹고
풀숲에서 숲바람 마시며
이렇게 포동포동한가

어머니 품에서 젖 빠는
우리 막냇동생은
자장노래 자장웃음 자장말 먹고
이처럼 통통한가

길쭉하던 달은
차츰 뚱뚱하게 차오르더니
어젯밤에는 홀쭉하더라
그믐달은 까맣게 토실토실인가

할머니 골목집 마당에
포도송이 보동보동 물오른다
이모네 시골집 뒤꼍에
모과알 오돌토돌 굵는다

포동 : 보기 좋으면서 보드랍게 살이 찐 모습을 **포동포동**이라고 해요. 여린
말로 '보동보동', 큰말로 '푸둥푸둥', 센말로 '피둥피둥'이 있어요.

폭신하다

삼월비 맞고 돋는 새싹
아직 찬바람이어도 몽글몽글
사월비 먹고 크는 새잎
이제 찬바람 가셔 동글동글

오월비 들으며 굵는 가지
꽃잎을 빗방울처럼 뿌려
유월비 누리며 자라는 열매
풋풋한 냄새 고이 머금지

칠월비 받으며 나무 짙푸러
하늘 냇물 바다 참 새파랗다
팔월비 즐기는 풀밭노래
풀벌레도 밤새 신나

구월비 오시니 어느새 쌀쌀
바야흐로 가을 어귀이네
시월비 몰아치고 갠 아침
마당에 폭신하게 가랑잎잔치

폭신하다 : 닿을 적에 살짝 부드럽고 따스하면서 가볍게 팽팽하기에 **폭신하** **다**라고 해요. 큰말로 '푹신하다'라 해요.

푸다

김이 모락모락 따끈한 밥
주걱으로 퍼서
할머니 어머니 할아버지 아버지
내 자리에 놓지

개구지게 뛰놀며 새까만 신
샘터에서 물을 퍼서
큰 물그릇에 담고는
힘차게 빨래하지

나무 한 그루 새로 심고
텃밭 살뜰히 가꾸려고
저 숲서 흙을 퍼 날라
마당 한쪽에 부어

잠자리맡에서 우리 어머니
푸고 푸고 또 푸고
푸고 푸고 자꾸 퍼도
이야기꽃 그치지 않아

푸다 : 속에 있는 것을 밖으로 나오게 하는 **푸다**예요. 어느 한 가지를 지나
치게 먹거나 마실 적에도 **푸다**를 써요.

푸성귀

빗물 바람 햇볕 먹는
푸나무 푸르게 크니
푸성귀 열매
맛난 밥 된다

풀은 빗물 들이켜고
나무는 빗물 마시고
우리는 빗물결 깃든 밥
푸짐하게 나눈다

멧골자락에 칡덩굴 등나무
하나둘 감겨들어 뿌리내리는 곁
고사리 냉이 같은 나물 자라고
칡꽃 등꽃 피면 숲이 환해

밭에서 남새
숲에서 나물
들이랑 뜰에 풀포기
냠냠 맛있게 푸성귀

푸성귀 : 사람이 가꾼 '남새'하고 들이나 숲에서 난 '나물'을 아울러서 **푸성
귀**라고 해요.

269

푸지다

벌써 배부르다
참 푸짐하게 먹었네
잔칫밥이라 요모조모
고루고루 차렸더라

할머니는 큰손
할아버지는 너른손
두 분 모두 우리한테
넉넉히 나눠 주시려 해

어제는 걸판지게 놀았고
오늘은 신바람내며 노는데
다음에는
푸지게 먹고서 맘껏 놀자

새로 찾아온 봄날에
나무마다 꽃이 넘실거리고
다시 찾아온 가을철에
들마다 열매가 가득해

푸지다 : 매우 많아서 넉넉하기에 **푸지다**요. 몸집이나 생김새가 보기에 좋게
넉넉해서 **푸지다**입니다.

풀다

손부터 가볍게 풀자
호미를 쥐든 붓을 쥐든
과일칼이나 꽃을 들든
굳은 손을 풀어 보자

수수께끼 같이 풀자
실마리가 안 보이더라도
열쇠를 못 찾겠어도
막힌 머리를 풀어 보자

실타래를 다 함께 풀자
실뜨기놀이를 하고
실잣기놀이도 하며
서로 마음을 풀어 보자

된장을 풀어 국 끓이고
간장을 풀어 달걀찜 하고
소금을 풀어 겉절이 하며
맛난 밥잔치 즐기자

풀다 : 묶거나 감거나 싼 것을 처음대로 하는 **풀다**요. 생각을 말하고, 마음을
부드럽게, 모르던 일을 알고, 나오게 하고, 고루 섞는 **풀다**예요.

271

풀썩

오랫동안 안 치운 곳에
등짐을 내려놓으니
먼지가 풀썩
콜록콜록 재채기

오래도록 걸어서 돌아다니다
쉴 자리를 드디어 찾으니
엉덩이 털썩
뻘뻘 흘리는 땀

오래 바란 끝에 오늘
묵은 뜻을 이루었더니
어깨가 들썩
신바람 웃음바람 잔칫바람

아침부터 저녁까지 너무 더워
바다로 달려가고 싶다
물결이 철썩
저 물살 타며 헤엄치고 놀래

풀썩 : 갑자기 힘이 없이 주저앉거나 내려앉는 **풀썩**이에요. 먼지가 한동안
확 일어나는 모습도 **풀썩**이고요.

피

풀줄기를 꺾으면 물씬물씬
풀냄새 퍼지는데
풀포기에 흐르는 피가
푸르게 살아가는 숨결 내음이에요

돌을 빻거나 찧거나 긁으면
돌가루 하얗게 번지는데
돌멩이에 감도는 피가
도르르르 구르던 숨소리 내음이지요

바람을 긋거나 물을 헤치면
바람피나 물피가 있을까요?
구름에도 무지개에도 깊은 숨이
피로 흐르겠지요

우리 몸을 돌고 도는
따뜻하면서 펄떡펄떡 뛰는
핏물하고 피톨은
우리를 튼튼히 일어서게 이끌어요

ㅍ : 몸에서 흐르며 기운을 실어나르는 물인 **피**예요. 한집안이나 한겨레를
나타내고, 몸바치거나 애쓴 일, 젊은 기운이나 성나는 기운도 가리켜요.

피다

꽃이 핀다
들에 숲에 길가에
골목에 밭둑에 바닷가에
눈부시게 꽃이 핀다

즐겁게 이야기하니 피고
착한 일을 하니 피고
웃으며 노니 피고
곱게 말하니 핀다

마음에 꿈을 품고서
다부지게 걸으니 피고
아픔 슬픔 괴로움 모두
야무지게 이기니 피네

꽃이 핀다
우리 집 마당에
너희 집 울타리에
골골샅샅 환하게 꽃누리 된다

피다 : 접힌 꽃이나 잎이 활짝 있는 **피다**요. 살이 오르고, 불·먼지가 일어나고, 구름이 커지고, 느낌이 겉으로 나타나고, 살림이 좋아지는 **피다**예요.

핑

지난해까지만 해도
종이배 종이비행기 종이두루미
접어 달라 떼쓰며
콧김 핑핑거리더니

엊저녁부터 혼자 착착
종이비행기를 접어내더니
휙휙 핑핑 띄워 날리는
여덟 살 우리 동생

아름다운 영화를 보거나
사랑스러운 책을 읽으면
으레 눈가를 촉촉 적시고
눈물 핑 도는 아버지

팽팽이 당기며 놀던
연줄을 놓쳤다
얼레는 저리 굴러가고
센바람 탄 연은 멀리 핑 날아간다

핑 : '빙'보다 센 **핑**은 눈물이 갑자기 나는, 마음이 갑자기 어지러운, 한 바
퀴를 매우 빨리 도는 모습을 나타내요.

하다

나는 너한테 말을 한다
아침에 일어나 서로 절을 하고
가벼운 옷을 하고서 해바라기
손낯 씻은 밝은 모습을 하고
정갈히 밥을 해서 차리기

우리는 소꿉놀이 하고
아버지는 살림을 하고
어머니는 텃밭을 하고
누나는 글쓰기를 하지

고개를 하늘로 하고서
나비가 하는 짝짓기 구경
꽃이랑 동무를 하고서
숲지기 노릇 해 볼까

앞으로는 무엇을 새로 할까
이백 해하고 또 이백 해
기쁘다 하고 나아갈 길을
함께 할 수 있기를 꿈꿔

하다 : 어떻게 움직일 적에 **하다**랍니다. 옷·밥·집을 마련하고, 몸에 두르고,
악기를 켤 줄 알고, 얼굴빛을 나타내고, 이름을 붙이는 **하다**예요.

하루

아버지는
할아버지 보며 자랐고
할아버지는
할아버지 아버지 보며 자랐고

어머니는
할머니 보며 자랐고
할머니는
할머니 어머니 보며 자랐고

나는 아버지 어머니
함께 보며 곰곰이 자란다
동생은 아버지 어머니랑
나를 보며 천천히 자란다

밤이 깊으니 별이 밝고
낮이 환하니 꽃이 고와
우리 하루는
고즈넉히 자라는 나날

하루 : 지구가 해를 한 바퀴 도는, 그래서 한 낮하고 한 밤이 지나는 때인 **하루**예요. 해가 뜬 동안, 지나간 어느 때, 그냥 어느 때도 **하루**이고요.

278

한글

우리가 쓰고 읽는 글은
우리가 나누는 말은
두 눈으로 알아보도록 빚은
또렷하고 가지런한 그림

이 땅에서 읽고 적는 한글은
이 땅에서 살림짓고 살면서
사랑스레 슬기로이 생각하는 숨결
새롭게 담으려고 엮은 그릇

네가 띄워 내가 읽는 글월
내가 옮겨 함께 읊는 노랫말
하늘 바람 해 비 눈 꽃
모두 실어서 같이 즐기는 얘기바구니

물소리 새소리 말소리 노랫소리
글로 받아적으니 새넋 흘러
눈짓 손짓 몸짓 낯짓
한글로 옮겨내니 ㄱㄴㄷ 춤춰

한글 : 한국에서 쓰는 글이나 글씨에 붙인 이름인 **한글**이에요. '한'을 붙여
'한겨레'나 '한나라'라 하듯, 글이나 말도 '한'을 이름으로 삼아요.

한낱

나는 여덟 살이야
고작 여덟 살이 아닌
살구꽃 비파알 고운 줄
여덟 해를 지켜본 나이야

나는 열 살이야
겨우 열 살이 아닌
눈사람 눈집 큼지막하게
열 해를 굴려 본 나이지

나는 열두 살이야
기껏 열두 살이 아닌
심부름 뜨개질 밥짓기
차곡차곡 배운 열두 해야

나는 몇 살일까?
한낱 아홉 열셋 아닌
저 먼 별에서 살다가 여기 온
삼만오천아홉 꿈나이 아닐까?

한낱 : 일부러 힘을 들이거나 애썼어도 하나·한 가지일 뿐이라는 뜻으로
쓰는 **한낱**이에요.

해

아침에 해님을 바라보면
노란 빛살이 눈부시고
낮에 해님을 쳐다보면
하얀 햇볕이 따스하고

저녁에 해님을 살펴보면
노랗다가 바알갛다가
새빨갛다가 보랏빛으로 저무는
햇빛이 동그마니 곱다

밤에는 달님을 비추는
해님을 느끼는데
하늘에 빽빽한 별은
어떤 해를 품는지 궁금해

온하루를 해님하고 놀면서
해처럼 빙글빙글 웃어
해같이 사근사근 얘기해
해를 보며 해노래 불러

해 : 지구를 따사롭게 비추는 커다랗고 둥근 별이 해예요. 이런 해에서 나오
는 빛과 볕도 해요. 한 해나 하루를, 환하고 따스한 사람도 가리켜요.

해밝다

해처럼 맑아 해맑고
해처럼 밝아 해밝고
해처럼 고와 해곱고
해처럼 좋아 해좋지

별처럼 밝으니 별밝고
꽃처럼 밝아서 꽃밝고
눈이 참 밝기에 눈밝고
길을 환히 꿰어 길밝네

해가 되려 해
따뜻하면서 넉넉하고
한결같으면서 환하고
크면서도 상냥하거든

밝게 꿈을 펴려 해
내 꿈은 푸른 숲이야
푸른 마음으로 어깨춤 기쁜
풋풋한 발걸음이 좋아

해밝다 : 하얗고 밝아 **해밝다**예요. 하얗고 맑으면 '해맑다'이지요. 하얗고 밝
은 기운이 가득해 좋거나, 마음이 이와 같아 **해밝다**이기도 해요.

헌

아버지를 따라서 찾은
작은 마을에 깃든
골목 헌책집에 들어서니
차소리 몽땅 사라진다

저 높이 빼곡한 책꽂이
드문드문 잇는 책탑
얼마 안 된 책부터
이웃나라 오래된 책까지

문득 나를 바라보면서
한목소리로 속살거린다
어서 오렴 숲을 읽으렴
오래된 새숨 마시렴

어머니를 따라서 찾은
깊은 멧골짝에서도
들은 적 있는 이 소리
오래 깊어 멋스런 이야기자락

헌 : 오래 썼거나, 오랜 나날이 흘러서 **헌**인데, 한 벌 쓰거나 다른 사람 손을
거칠 적에도 **헌**이에요.

헤아리다

잎싹을 가만히 들여다보렴
풀싹은 어떤 빛인지 가늠하렴
꽃싹은 얼마나 여린지 살피렴
나무싹이 언제 터질는지 어림하렴

물결을 찬찬히 지켜보고
숨결을 고요히 돌아보고
살결을 살며시 어루만지고
바람결을 고이 쓰다듬고

하루를 차분히 되새기며
오늘을 곰곰이 훑으며
어제를 하나하나 짚으며
모레를 새롭게 내다보며

이제 꿈을 생각합니다
이 길을 같이 바라봅니다
이렇게 마음을 그립니다
이 모두 고이 헤아리고요

헤아리다 : 얼마쯤 되거나 어떻게 되는가를 알려고 하는 **헤아리다**예요. 가만
히 마주하거나 알려 하면서 어떻다고 느끼는 **헤아리다**이고요.

화끈

한창 달게 자다가
발가락이 화끈거려서
벌떡 일어나 살피니
지네가 덥석 물었네

수줍음 잘 타는 언니는
누가 부르기만 해도
얼굴이 화끈화끈
딸기낯 앵두낯 오얏낯 고추낯

땡볕을 아랑곳 않으면서
아침부터 쉬잖고 뛰어놀아
저녁에 이르니
온몸이 화끈하도록 덥다

장작불에 구운 감자
화아끈 맛있다
모닥불에 구운 밤알
화아아아끈 맛나

화끈 : 부끄럽거나 성나서 빠르고 세게 달아오르는, 뜨거운 기운이 빠르고
세게 일어나는, 설렘이나 두근거림이 빠르고 크게 생기는 **화끈**이에요.

확

마음이 끌리는 곳을
볼 수 없으니 시무룩
확 끌어당기는 사로잡는
저쪽을 보고 싶어

눈이 가는 데를
갈 수 없으니 서운
홱 붙잡는 잡아당기는
저곳에 있고 싶어

손이 닿는 것을
잡을 수 없으니 답답
덥석 쥐는 거머쥐는
이때는 언제가 될까

연필이 머무는 길을
그릴 수 없으니 찜찜
맘껏 쓰는 실컷 짓는
그때가 오늘이기를 바라

확 : 빠르고 세게 일어나는, 바람·냄새·맛·기운·느낌이 그 자리에서 빠르
고 세게 나타나는, 빠르며 시원히 풀리거나 뚫리거나 열리는 확이에요.

후련하다

벌써 달포나 흔들린 이를
오늘 쏙 뽑았어
문득 당겼더니 나오네
얼마나 후련한지

아침부터 뭔가 찝찝하더니
이 사이에 낀 시금치
쏘옥 빠졌네
야 참 개운하다

어제부터 꽁하던 동생이
아침에 까르르
웃음 되찾네
묵은똥 누고서 시원하대

마루 한쪽에 쌓아 둔
이제는 작아서 못 입는 옷
조카한테 다 물려줬어
어쩐지 홀가분해

후련하다 : 막혀서 답답하던 속이 뚫리거나 내려가서 말끔하고 좋은 **후련하**
다예요. 다 풀리거나 사라져서 반갑거나 기쁜 **후련하다**이고요.

후미지다

지름길로 가려 했는데
자꾸 낯선 길이 나오더니
이제는 으슥한 곳
막다른 골목이야

처음 보는 또래 앞이라
아까부터 쭈뼛쭈뼛
슬금슬금 뒤로 물러서다가
구석진 곳에 숨네

숨바꼭질 놀 적에는
눈에 안 띌 만한
후미진 자리를 찾아
바삐 움직여야 해

우리 사는 집이
서울하고 퍽 멀고
읍내에서도 깊이 들어가지만
우체국 일꾼은 꼬박꼬박 찾아오서

후미지다 : 굽어서 들어간 곳이 매우 깊은 **후미지다**예요. 아주 한쪽으로 치우쳐 다른 데에서 거의 안 보이면서 먼 **후미지다**이고요.

훌륭하다

이제는 책 안 펴도
두루미 토끼 배 공
오징어 개구리 집 나비
알뜰히 접을 줄 알아

아침에 일어나면
손낯 씻고 옷 갈아입고
방 마루 부엌 비질에
쌀 씻어서 불리기까지

글씨 틀린 동생 가르치기
넘어져 무릎 까진 동무 달래기
고단한 할머니 주무르기
빨래 널고 걷고 개기

해마다 해내는 일 늘면서
조금씩 손이 익어
이리하여 아버지가 문득 한 마디
"우리 어린이 참 훌륭하구나!"

훌륭하다 : 무척 좋아서 나무랄 곳이 없는 **훌륭하다**예요. 아주 잘 짓거나, 마음에 들도록 매우 아름답거나, 쓰임새가 아주 좋아서 **훌륭하다**이고요.

훨훨

집에 들어앉을 적에는
밖에서 비가 쏴아쏴아 쏟아져도
아무것도 모르는 채
책만 읽기도 해

자동차를 타고 갈 적에는
들에서 나락이 따끈따끈 햇볕 먹어도
그냥 시원한 채
잠이 들기도 해

비행기로 하늘을 날 적에는
숲에서 새가 훨훨 날며 노래해도
높이높이 뜬 채
구름을 보기만 해

마당에 나가 바람을 활활 타자
비냄새 새삼스레 훌훌 마시자
햇발 활짝 밝게 맞이하자
하늘을 홀가분히 벗으로 사귀자

훨훨 : 날개를 크고 천천히 시원스레 펴는 **훨훨**은, 크고 세게 타는 불길, 가
벼운 몸짓, 옷을 시원스레 벗는, 바람을 천천히 일으키는 몸짓이에요.

휘

아버지는 어릴 적부터
휘파람 못 불었다는데
내가 배우고 싶다 하니
몇 해 애쓰더니 휘휘 불어

숲마실 나와서
골짜기에서 멱 감으며 놀다가
도시락 먹고 몸 말릴 자리를
휘 둘러보면서 찾지

찬찬히 또박또박 쓰니
글씨가 정갈하고
휘갈겨쓰면
글씨가 삐뚤빼뚤 날아다녀

심부름이 성가시다면서
고개를 홱홱 젓다가
휘익 달아나려는 동생
아이고, 참

휘: 둘레를 한 바퀴 보는 **휘**예요. 길게 숨을 쉬며 내는 소리, 바람이 세게
스치며 내는 소리, 휘파람을 부는 소리도 **휘**랍니다.

흐드러지다

오늘 무슨 밥 먹을까?
떡볶이? 떡국? 떡국수?
떡으로 잔치를 할까?
떡밥으로 한가득 차릴까?

어제 꽃길을 걸었어
여기도 꽃 저기도 꽃
온통 꽃밭 오롯이 꽃누리
꽃냄새 물씬 맡았지

다음에는 잘 하고 싶어
솜씨 한껏 기르고
재주 실컷 닦을래
기쁜 웃음 넘실거리고 싶다

아침에는 햇살이 살며시 피었어
낮에는 햇볕이 가득했고
저녁에는 햇발이 수두룩 뻗더니
밤에는 별빛이 흐드러지더라

흐드러지다 : 꽃이 넉넉하고 보기 좋게 필 적에 **흐드러지다**라 해요. 꽃이 한
창때이지요. 즐거우면서 넉넉할 적에도 **흐드러지다**예요.

흐르다

물이 흐르는 곳에는
풀이 돋고 나무가 자라고
작거나 큰 여러 목숨이
어우러져서 살아

바람이 흐르는 데에는
구름이 피고 무지개가 솟고
싱그러이 노래하고 춤추면서
즐겁게 살지

이야기가 흐르는 자리에는
웃음이 나고 눈물이 자라
서로 포근히 감싸고 보듬으니
오붓하게 사네

우리 마음이 흐르는 마을에는
아기자기하게 가꾸려는 생각이랑
알뜰살뜰하게 지으려는 뜻으로
아름답게 살고

흐르다 : 이쪽에서 저쪽으로 꾸준히 가거나 오거나 움직이기에 흐르다예요.
오가기도, 한쪽으로 가기도, 넘치기도, 지나기도, 드러나기도 해요.

흔들다

고개를 까딱 날개를 파라
잠자리는 몸을 가볍게 흔들더니
훌쩍 날아오릅니다
나는 손을 흔들어 줍니다

걸상을 딛고 높은 시렁으로
아슬아슬 손끝 뻗으니
다리가 후들 걸상은 덜덜
누나는 고개를 도리도리합니다

빗물이 한 방울 두 방울
떨어질 적마다
풀잎은 가볍게 흔들리면서
맑은 구슬을 똑똑 흩뿌려요

연필을 흔들며 놀다 떨구어
파직 부러지고
붓을 흔들며 장난치니
얼굴을 옷을 얼룩물 들여요

흔들다 : 이리저리 오가게 하는 **흔들다**예요. 큰 소리나 힘으로 울리게 하거나, 조용하던 곳을 시끄럽게 하거나, 마음을 움직이는 **흔들다**이지요.

흙

흙을 만지면
나무뿌리랑 풀뿌리
사랑스레 어루만지던
보드라운 속살 느껴

흙을 쥐면
도룡뇽이랑 개구리
물가에서 놀던 자국
앙증맞구나 하고 느껴

흙을 쓰다듬으면
애벌레랑 풀벌레
보금자리 누리는 숨결
참 푸르구나 싶어

흙을 살짝 파서
씨앗을 심자
이 흙에 작은 씨앗 묻어
우리 이야기 들려주자

흙 : 목숨을 살리는 싱그러운 알갱이가 **흙**이에요. 숲이나 바다에서 바닥을
이루면서 모든 숨결이 살아나도록 하는 바탕인 알갱이랍니다.

힘

열 살이 된 나는
주걱으로 밥을 떠서
어머니 아버지 동생 앞에
척척

다섯 살 동생은
아귀힘이 덜 붙어
밥상에 그릇에
온통 밥풀투성이

나뭇가지 주워
흙바닥에 그림 그리고
글씨를 쓰고
숫자를 넣는데

동생도 따라하겠다며
나뭇가지로 뭔가 그리다가
그만 뚝!
손힘을 너무 세게 줬구나

힘 : 몸이나 다른 것을 움직이게 하는 바탕인 **힘**이에요. 도움이 되거나, 무
엇을 하는 바탕이거나, 올바로 알거나, 무엇이 퍼지는 보람도 **힘**이고요.

우리 걸음

《우리말 동시 사전》이라는 이름으로 264 낱말을 열여섯 줄 동시로 그려 보았습니다. 동시마다 끝자락에 낱말뜻을 붙여 보았습니다. 모든 뜻풀이는 새로 붙였어요. 저는 앞으로 '어린이 새 한국말사전'을 엮을 텐데요, 그때에 이 뜻풀이를 바탕으로 삼을 수 있겠구나 싶어요.

낱말 하나에 어떤 마음이 깃들면서 오래오래 흘러왔는가를 느끼고, 오늘 우리가 새롭게 살려서 즐겁게 쓸 만한가를 함께 생각해 보고 싶어요. 낱말 하나마다 걸음 하나를 떼면서 말빛을 새로 보고, 마음빛을 다시 보며, 삶빛을 고이 느낄 수 있었기를 바랍니다.

그림

꽃을 그리며
꽃내 한 자락
손가락으로 젖어들고
눈으로 스며들고

풀을 먹으며
풀빛 한 줄기
가슴속으로 스미고
팔다리로 흐르고

나무 떠올려
나뭇결 한 올
온몸에서 피어나고
온마음에서 자라고

나비랑 함께 넋춤
바람과 함께 하늘춤
숲하고 함께 푸른춤
너서껀 나서껀 이야기춤

그림 : 어떤 모습을 눈으로 보도록 나타내는, 마음·뜻·모습·이야기·삶 들
을 머리로 알아보도록 나타내는, 보기 좋은 모습을, **그림**이라고 합니다.

뜻풀이 모음

글쓰기 : 우리가 살아가는 하루, 품은 생각, 그리는 마음, 보거나 겪은 느낌을 글로 담아낼 적에 **글쓰기**라고 해요.

ㄱ

가깝다 : 얼마 안 떨어지는구나 싶을 적에 **가깝다**예요. 그래서 사이가 좋을 적도 나타내고, 어느 숫자나 자리에 거의 이르는 모습도 나타내요.

가다 : 여기에 있다가 여기 아닌 곳으로 있도록 움직이기에 **가다**라고 해요. 다른 데에 있도록 움직이지요.

가만히 : 움직이지 않는다든지, 몸이나 손을 쓰지 않는다든지, 마음을 기울이는 몸짓을 나타낼 적에 **가만히**라고 해요.

가장 : **가장**은 딱 하나만 가리키는데, 어느 것보다 크거나 높거나 세거나 좋거나 나쁜 것 하나만 가리키려고 써요.

간질이다 : 간지럽게 한대서 **간질이다**인데요. '간지럽다'는 살에 무엇이 가볍게 닿아서 가만히 있기 어려워 움직여야 하는 몸짓을 가리켜요.

거북하다 : 몸을 움직이거나 마음을 쓰기가 어쩐지 막히거나 갇힌 듯해서 힘들거나 싫은 느낌을 **거북하다**라고 해요.

거의 : 다 되지는 않았지만 다에 가깝다고 할 적에 **거의**라고 해요. 곧 다 되거나 끝난다고 할 적에 **거의**를 쓰지요.

걸음 : 앞이든 뒤이든 옆이든 발을 이곳에서 저곳으로 움직일 적에 **걸음**이라 해요. 어떻게 하는 움직임이나 어디를 드나들 적에도 이 말을 써요.

걸치다 : 다른 것이나 곳에 가볍게 놓으면 **걸치다**예요. 옷을 팔에 안 넣고 어깨에 씌워 **걸치다**예요. 이어지는 모습이나 살짝 먹는 모습도 나타내요.

결 : 여럿이 나란히 있는 무늬라든지, 무엇을 할 만한 짧은 때를 **결**이라고 합니다. '살결'이라든지 '얼결'이나 '잠결'처럼 써요.

고요 : 소리도 몸짓도 없기에 **고요**예요. 바람이 없거나 물결이 일지 않고 가만히 있기에 **고요**이지요.

골 : 골짜기나 고을을 줄여 **골**이라고도 하는데, 소리는 같은 다른 낱말로 '부아'나 '짜증'처럼 마음에 안 들 적에 확 일어나는 느낌도 **골**이에요.

곳 : 우리가 오늘 있는 **곳**이고, 어디로 가려고 하는 **곳**이에요. 발로 디디거나 몸으로 있는 **곳**이면서, 마음이 있거나 머무는 **곳**이랍니다.

구슬프다 : 매우 슬픈 느낌이 **구슬프다**인데요. 쓸쓸하다고 느끼도록 슬프다든지, 우리 스스로 보잘것없다고 느끼도록 슬픈 모습이에요.

그리다 : 마음으로 깊거나 곱게 생각할 적에도 **그리다**이고, 붓을 들어 종이에 무언가 나타내거나 말이랑 글로 나타낼 적에도 **그리다**예요.

기다리다 : 누가 오면 좋겠다고, 어떤 일이 생기면 반갑겠다고 생각하기에 **기다리다**예요. 오기를 바라기에 **기다리다**이지요.

기르다 : 몸이나 마음이 오늘보다 튼튼하거나 씩씩하도록 돌볼 적에 **기르다**예요. 좋은 몸짓을 붙이거나 머리카락이 자라게 하는 일도 나타내요.

길쭉하다 : 살짝 길구나 싶어서 **길쭉하다**라고 해요. 살짝 긴 듯하다면 **기름하다**라고도 합니다.

꼭 : 힘을 주어서 잡기에 **꼭**이고, 어떤 일이 있더라도 일어나거나 하기에 **꼭**이며, 닮았구나 싶어서 **꼭**이요, 어울리거나 맞아서 **꼭**이라고 해요.

꿈 : 잠을 자면서 마음으로 보는 그림이나 이야기가 **꿈**이에요. 앞으로 이루고 싶은 일이나 가고 싶은 길도 **꿈**이라고 해요.

끈적 : 살며시 붙으려고 하기에 **끈적**이라고 해요. 떨어지지 않으려고 할 적에도 **끈적**을 쓰지요.

ㄴ

나 : 바로 여기에서 이 몸을 움직이고 이 마음을 다스리는 사람이

나 예요. 저기에서 저 몸을 움직이고 저 마음을 다스리는 사람은 **너** 이지요.

나긋하다 : 가만히 만지거나 쓰다듬는 듯한 느낌, 따뜻하면서 착하 고 부드러운 느낌을 **나긋하다**라고 해요.

나르다 : 이곳에 있는 것을 저곳으로 가지고 가거나, 저곳에 있는 것을 이곳으로 가지고 올 적에 **나르다**라고 합니다.

나무 : 기나긴 해를 살면서 줄기가 굵고 가지가 뻗어 그늘을 드리 우기도 하는 **나무**는, 집을 짓거나 살림을 짤 적에 쓰기도 해요.

나풀 : 얇거나 가는 것이 바람에 날려서 가볍게 움직일 적에 **나풀**이 란 말을 써요.

날다 : 하늘로 떠서 움직이거나, 가볍고 빠르게 움직이는 몸짓을 **날 다**라고 하지요.

날래다 : 날 듯이 빠를 적에 **날래다**이고, 이보다 더욱 가볍고 빠르다 면 '날렵하다'고 해요. 몸놀림이 무척 빠르기에 '재빠르다'이고요.

남다 : 모두 쓰거나 하지 않으니 **남다**라고 해요. 모두 떠날 적에 안 떠나고 제자리에 있어도 **남다**이고, 오래오래 이어질 적에도 **남다**라 고 합니다.

냅다 : 연기가 나서 눈이나 코가 목이 쓰리다고 할 적에 **냅다**라고 합니다. '맵다'는 매운 맛이나, 모질도록 힘든 일이나 추운 날씨를 나타내지요.

냉큼 : 미루거나 늦추거니 미뭇거리지 않고 그 자리에서 바로 가벼 우면서 빠르게 할 적에 **냉큼**이라고 합니다.

너무 : 어느 만큼을 넘어서도록 안 좋으니 **너무**를 써요. "너무 나빠"나 "너무 싫어"처럼. 좋다고 할 적에는 "무척 좋아"나 "아주 좋아"라 합니다.

넘실 : 물이 넘치겠구나 싶도록 움직일 적에, 물결이 부드럽게 칠 적에 **넘실**이라고 합니다.

녘 : '동녘'이나 '북녘'처럼 우리가 바라보는 자리를 **녘**이라고 해요. 또 '동틀녘'이나 '해질녘'처럼 무엇이 일어나는 때를 **녘**으로 나타내요.

놀다 : 재미있다 싶도록 움직이거나 즐겁게 지내서 **놀다**예요. 하는 일이 없거나 쉬어도, 안 쓰거나 안 맞을 때도, 돌아다닐 적에도 **놀다**랍니다.

눈 : 우리는 **눈**으로 무엇이든 봅니다. 추운 날 하늘에서 송이송이 **눈**이 내리고, 꽃이나 잎이 새로 트려는 **눈**이 나무마다 있어요.

눈물 : 눈에서 나오는 물인 **눈물**이 있어 눈을 뜨면서 볼 수 있어요. 슬프거나 기쁠 적에 마음이 확 움직이며 **눈물**이 흐르기도 하지요.

눕다 : 몸 가운데 머리나 등이나 허리를 바닥에 대고서 있으면 **눕다**라고 하지요. 쉬려고도 눕고, 자려고도 눕고, 아파서도 누워요.

느리다 : 오래 걸리도록 움직이기에 **느리다**예요. 그런데 '오래'란 사람마다 다르니, 아주 빠른 두 사람 가운데 뒤로 처지는 사람도 **느리다**랍니다.

늘 : 어느 한때만이 아니라 모든 때를, 어느 때이든지 모두, 무척 자주, 처음부터 끝까지 잇는 모습을 **늘**이란 낱말로 나타내요.

ㄷ

다르다 : 함께 놓고 볼 적에 하나로 느끼기 어려워 **다르다**요, 하나로 느낄 만하기에 '같다'라고 해요. 다르기에 더 잘 보이기도 합니다.

다시 : 하던 말이나 일을 잇거나 똑같이 할 적에 **다시**라고 해요. 고쳐서 새로 하거나 다음에 이을 적에도 **다시**라 하고요.

닦다 : 겉에 더러운 것이 없도록 할 적에 **닦다**예요. 길을 새로 내거나 무엇을 깊이 배워서 받아들이려 할 적에도 **닦다**를 쓰고요.

닫다 : 흐르거나 드나들거나 오가지 못하게 하려고, 내리거나 붙이거나 넣기에 **닫다**랍니다. 가게나 모임을 그만하거나 쉴 적에도 **닫다**를 써요.

달다 : 꿀을 먹을 때 같은 맛이라서 **달다**라고 해요. 자꾸 먹고 싶다는 느낌이 든다든지 반갑거나 좋다고 할 적에도 **달다**를 쓰지요.

달리다 : 다리로 땅을 디디면서 앞으로 빠르게 갈 적에 **달리다**라고 해요. '뛰다'는 우리가 선 곳에서 몸을 위로 올리는 몸짓입니다.

대로 : 어떠한 모습이나 느낌하고 같아서 **대로**를 붙여요. "오는 대로"처럼 "이렇게 하면 바로"나 "있는 **대로**"처럼 "어떻게 하는 만큼"도 나타내요.

대수롭다 : 크거나 값있거나 뜻있거나 좋다고 할 만할 적에 **대수롭다**고 합니다.

더 : 끊이지 않으면서 많은 모습이나, 그보다 많은 모습을 나타내려고 **더**를 써요. 힘주어서 '더더, 더욱, 더더욱, 더욱더' 같은 말도 쓰지요.

더러 : 모두 가운데 얼마쯤이라든지, 자주 있거나 드물지는 않으면서 생각난다고 할 적에 **더러**를 씁니다.

돌 : 흙이나 모래가 뭉쳐서 단단하게 된 것을 **돌**이라 하고, '돌멩이〈돌덩이〈돌덩어리〈바위'처럼 크기를 가를 수 있어요.

돌다 : 동그랗게 움직이기에 **돌다**이고, 어느 곳에서 차근차근 나아가거나, 제대로 움직이거나, 가던 길을 바꾸거나, 굳이 멀리 갈 적에도 **돌다**예요.

두다 : 어느 곳에 있도록 하기에 **두다**예요. 안 가져가고 남긴다거나, 무엇을 섞는다거나, 마음에 있도록 하거나, 얼마 동안 거칠 적에도 써요.

두레 : 혼자서는 힘들다 싶은 일이기에 여럿이 힘을 모아서 하려는 모임을 **두레**라 해요. 서로 돕거나 함께 하려는 모임을 가리킬 수도 있어요.

둘둘 : 크고 둥근 것이 가볍게 구르거나 움직여서 **둘둘**이고, 둥글게 말 적에도 써요. **둘둘**보다 작은 말로 '돌돌'이 있어요.

뒤 : 바라보지 않는 쪽이 **뒤**인데, 등이 있는 쪽이라고도 할 만해요. 다른 일을 하고서, 안 보이는 곳, 끝에 이르는 곳도 **뒤**예요.

듣다 : 소리를 느끼거나 알기에 **듣다**예요. 말을 받아들이거나, 기계가 잘 움직이거나, 꾸짖는 말이 우리한테 올 적에도 **듣다**이지요.

따스하다 : 지내기에 퍽 알맞다 싶은 날씨라서 **따스하다**예요. 마음이나 느낌이 보드랍고 넉넉하면서 좋을 적에도 **따스하다**이지요.

땅 : 물이 있는 곳을 뺀 자리는 **땅**이고, 바다 아닌 곳은 '뭍'이지요.

살아가는 곳도, 살림을 꾸릴 만한 곳도, 논이나 밭이나 흙도 **땅**이라 합니다.

똑똑하다 : 눈앞에 그리듯이 하나하나 드러나기에 **똑똑하다**요. 이처럼 무엇이든 제대로 가리거나 알거나 살피기에 **똑똑하다**입니다.

뜰 : 집에 함께 있는 땅 가운데 꽃이나 남새나 나무를 심어서 기르는 자리가 **뜰**이에요.

띄우다 : 글을 써서 누가 받을 수 있도록 가게 하거나, 물에 얹어서 흘러서 가도록 하거나, 하늘에서 날아서 가도록 하는 일이 **띄우다**예요.

ㄹ

라 : 시키려는 뜻을 나타내려고 말끝에 붙이고, 어떤 까닭을 나타내려고 말끝에 붙이는 **라**는 '라랄라' 노래하는 느낌처럼 밝은 말씨입니다.

랍다 : '즐겁다'를 가리키는 옛말로 **랍다**(라온)가 있고, '놀랍다, 보드랍다'처럼 말끝에 붙어요. '간지럽다·간지랍다'로 쓰며 크고작은 느낌을 담아요.

래도 : '그래도·이래도·저래도'처럼 **래도**를 붙여서, 앞말을 받아들이기는 해도 다르게 여기고 싶은 마음을 나타냅니다.

래서 : '그래서·이래서·저래서'처럼 **래서**를 붙이면, 앞에서 어떤 일이 있었기에 곧이어 어떤 일이 있거나 어떤 마음이라고 하는 뜻을 나타내요.

러나 : '그러나·이러나·저러나'처럼 **러나**를 붙일 적에는, 앞에서 어

떤 일이 있어도 이다음에는 다른 일이 있다고 하는 뜻이나 느낌을 나타내요.

렇다 : **렇다**는 따로 사전에 오르는 낱말은 아니고, 바라보거나 겪는 느낌을 **렇다**로는 크거나 세게, **랗다**로는 작거나 여리게 나타내요.

롭다 : 어떤 낱말에 붙어 그와 같다는 느낌을 나타내도록 **롭다**를 붙여요. '새**롭다**'이고 '평화**롭다**'이고 '슬기**롭다**'이며 '자유**롭다**'예요.

름 : 'ㅁ'이나 '름'으로 끝맺으면서 이름씨 모습이 되어요. 흐르기에 **흐름**이 되고, 푸르기에 **푸름**이 되며, 오르기에 **오름**이 됩니다.

리1 : 혼자 하는 말처럼 쓸 적에 **리**를 말끝에 붙여요. 어떻게 될 듯하다는, 어떻게 하겠다는, 어떻게 생각하느냐는 마음을 나타내요.

리2 : 둘레를 살펴봐요. **리**로 끝맺는 낱말이 꽤 많답니다. **우리**도 **피리**도 **꽈리**도 **파리**도 **수리**도 **소리**도 **리**로 끝맺으니 끝말찾기 놀이를 해봐요.

리고 : '그리고'로 쓰는 **리고**는 나란히 이을 적에 쓰는 말이에요. 여기에 있으니 저기로도 나란히 이어가는 모습이나 흐름을 나타냅니다.

ㅁ

마시다 : 물이나 바람이나 냄새를 몸으로 받아들이기에 **마시다**라고 해요. 잔뜩 마실 적에는 '들이켜다' 같은 말을 써요.

마을 : 살림을 짓는 집이 하나하나 생기다 보면 어느새 **마을**을 이룬답니다. 여러 집이 모인 곳이요, 여러 집이 모여 서로 드나드는 **마을**이에요.

마음 : 몸을 움직이는 목숨한테는 **마음**이라는 자리가 있어요. 생각을 하고 꿈을 키우며 사랑을 나누고 느끼는 이 모두가 담기는 곳이 **마음**이에요.

막상 : 어느 때가 바로 앞에 있기에 **막상**이에요. 어떻게 할 수 있는 때가 된, 무엇을 하려고 하는 바로 그때가 **막상**이랍니다.

말 : 살아가면서 마음에 담는 생각이나 느낌을 귀로 알아듣고 입으로 들려줄 수 있도록 빚은 소리가 **말**이에요. 생각이 깃든 소리가 **말**이지요.

말하다 : 살아가면서 마음에 담는 생각이나 느낌을 귀로 알아들을 수 있도록 입으로 들려주기에 **말하다**라고 해요.

맑다 : 아무것도 안 섞이기에 **맑다**예요. 안 섞였으니 안 더럽겠지요? 마음도 하늘도 소리도 살림도 티없이 좋기에 **맑다**입니다.

맡다 : 어떤 일을 하겠다고 나서기에 **맡다**예요. 어떤 것을 잘 둘 적에도 **맡다**이고, 어느 자리를 우리 것이 되도록 할 적에도 **맡다**랍니다.

맵다 : 혀를 아프게 하는 맛이기에 **맵다**이고, 날씨가 춥거나 마음이 모질 적에 **맵다**고도 하는데, 일을 씩씩하게 잘할 적에도 **맵다**고 해요.

머무르다 : 어디에 어느 만큼 있을 적에 **머무르다**라고 해요. 줄여서 '머물다'라고도 하지요.

먹다 : 밥이나 물을 입을 거쳐 몸에 넣기에 **먹다**예요. 어떤 마음이 되겠다고 생각하거나, 나이가 늘거나, 종이가 물을 빨아들일 적에도 **먹다**이지요.

멀다 : 사이가 길게 떨어질 적에 **멀다**라고 해요. 사이가 꽤 떨어지면 '멀치감치' 같은 말을 씁니다.

못 : **못**이란 말을 앞에 넣어서 어떤 일이나 몸짓하고는 멀다고, 그렇게 하지 않거나 되지 않는다는 느낌을 나타내요.

몽땅 : 있는 대로 하나도 안 남기고 모으기에 **몽땅**이라고 해요. 빠지지 않도록 모으면 '모두'예요.

묵다 : 어느 때를 지나서 오래되었구나 싶을 적에 **묵다**라고 해요. 쓸 만한 때를 지났다거나, 좋거나 맑은 때를 지났을 적에 **묵다**를 써요.

물 : 우리 몸을 비롯해서 목숨이 있는 것은 **물**로 이루어졌다고 해요. 바다도 내도 비도 이슬도 모두 **물**이지요. 마시는 것이란 **물**이랍니다.

물씬 : 매우 짙거나 크게 냄새나 느낌이나 기운이 확 있거나 퍼질 적에 **물씬**이라고 해요.

밉다 : 보거나 듣거나 겪거나 함께하고 싶지 않을 적에 **밉다**고 해요. 보거나 듣기에 안 예쁠 적에, 빈틈없이 훌륭해 오히려 멀리할 때도 **밉다**예요.

ㅂ

바늘 : 실을 꿰어 천을 짜거나 엮는다든지 옷을 지으려고 쓰는, 가늘고 길쭉하면서 끝이 뾰족한 것이 **바늘**이고, 눈금을 가리키는 **바늘**도 있어요.

바라다 : 어떻게 되거나 이루어졌으면 하고 생각하기에 **바라다**에

요. 무엇을 얻으면 좋겠다고 생각할 적에도 **바라다**이지요.

바리바리 : 이 짐 저 짐 많이 움직이려고 할 적에 **바리바리** 싸거나 꾸리거나 든다고 해요.

바심 : 콩·깨·조·벼에서 낟알을 떨어서 거두려고 하는 일이 **바심**이에요. '조바심'은 조를 떠는 일인데, 서두르거나 걱정하는 마음도 나타내요.

반갑다 : 보고픈 사람을 볼 적에, 만나고 싶어서 마음으로 그리던 사람을 만날 적에, 즐겁거나 기뻐서 **반갑다**라고 해요.

반짝 : 빛이 나타났다가 살짝 사라지는 **반짝**이에요. 마음이 갑자기 맑을 적에, 어떤 생각이 갑자기 떠오를 적에, 뭔가 빨리 없어질 적에도 써요.

받다 : 누가 보내거나 건네기에 나한테 있도록 하는 **받다**예요. 선물을 받고, 공을 받지요. 햇빛을 받고, 점수도 어리광도 받아요.

발 : 땅을 밟으면서 걸을 수 있는, 몸이 설 수 있도록 버티는 **발**이에요. 몸을 가리키듯 책상이나 걸상에도 **발**이 있고, '걸음'을 **발**이라고도 해요.

밤 : 해가 지고 나서 어둠이 깔리고서 다시 해가 떠서 밝을 무렵까지를 **밤**이라고 해요. 해가 없이 어두운 때라서 어둠을 빗댈 적에도 써요.

벌렁 : '벌러덩'을 줄인 **벌렁**은 팔이나 발을 활짝 벌려서 눕거나 뒤로 넘어지는 모습을 나타내요.

벗 : 나이나 생각이 비슷한 '또래'요, 가까이에서 어울리며 지내는

'동무'이고, 오랫동안 마음이나 뜻이 맞으면서 가까이 어울리는 **벗**이에요.

별 : 우리가 밤하늘에서 볼 수 있는 반짝이는 **별**인데요, 온누리에 퍼져 어우러지는 **별**은 지구처럼 너른 삶터이기도 합니다. 지구도 해도 **별**이에요.

보다 : 눈으로 모습·빛깔·무늬를 알 적에 **보다**라고 해요. 누구를 눈앞에 둔다든지, 맡아서 곁에 두거나, 맛을 느끼거나, 속을 살필 적에도 **보다**예요.

부드럽다 : 닿거나 스칠 적에 거칠거나 뻣뻣하지 않은, 솜 같은 느낌일 적에 **부드럽다**예요. 둘레와 어우러진, 가루가 매우 잘면서 고른 모습이고요.

부르다 : 이름을 소리내어 나타내는 **부르다**이지요. 이쪽으로 오라고 부르고, 값이나 노래를 부르고, 즐겁게 외치는 소리도 **부르다**예요.

불다 : 바람이 어느 곳으로 갈 적에 **불다**인데, 우리는 입으로 숨을 내보내며 불 수 있어요. 피리 같은 악기나 휘파람도 불지요.

불쑥 : 미처 살피지 못했는데 불룩하게 나오거나 내미는 모습이 **불쑥**이고, 아직 헤아리지 못할 적에 나타나는 모습이나 생기는 마음도 나타내요.

비다 : 어느 곳에 어떤 것도 없다고 할 적에 **비다**라고 해요. 손에 아무것도 없고, 할 일이 없는 때나, 뭔가 모자라구나 싶어도 **비다**랍니다.

빙글 : 입을 슬며시 벌릴 듯 말 듯하면서 소리 없이 웃는 모습을 **빙글**이라 하는데, 부드럽게 도는 모습도 **빙글**이라 하지요.

빨다 : 입을 대고서 입으로 들어오도록 하는 **빨다**예요. '빨대'란 "빠는 대"이지요. 입에 넣고 녹여도 **빨다**요. 뭔가 가져가려는 몸짓이기도 해요.

뿌옇다 : 하늘이 조금 허연 모습이 **뿌옇다**예요. 안개나 김이나 연기가 있을 적에 이처럼 조금 허연, 흐릿한 모습이지요.

ㅅ

사다 : 돈이나 값을 내고서 내 것으로 하려는 **사다**예요. 안 해도 좋을 일을 할 적에, 누구한테 어떤 마음이 있도록 하는 일도 **사다**로 나타내요.

사람 : 손으로 짓고 다리로 걷고 입으로 생각을 말하고 밥·옷·집이라는 살림을 가꾸며 마을을 이룰 줄 알고 슬기롭게 사랑하기에 **사람**이에요.

사랑 : 무척 곱고 크며 깊고 넓고 따스하게 여기기에 **사랑**이요. 이렇게 마음을 쓰거나 돌볼 수 있기에 **사랑**이지요.

산들 : 지내기 알맞을 만큼 바람이 가볍고 보드랍게 불 적에 **산들**이라고 해요.

살 : 살아온 해를 셀 적에 **살**을 뒤에 넣어서 말해요. 한 해를 살아온 나이라면 "한 **살**", 열 해를 살아온 나이라면 "열 **살**"이에요.

살다 : 목숨을 이으며 오늘 어__에 있기에 **살다**라고 해요. 이런 모습처럼 "불꽃이 **살다**"나 "빛깔이 **살다**"나 "마음에 **살다**"나 "느낌이 **살다**"로 써요.

상냥하다 : 마치 산들바람과 같은 마음일 적에, 시원하도록 너그러

우면서 부드러운 마음일 적에 **상냥하다**고 해요.

새로 : 이제까지 있은 적이 없거나, 이제까지 있던 무엇하고 다르거나, 예전과 다르게 생생하다고 느끼기에 **새로**라고 합니다.

선뜻 : 빠르면서 시원스러운 몸짓일 적에 **선뜻**이라고 해요. 머뭇거리지 않고 씩씩한 몸짓이라고 할 만한 **선뜻**이에요.

선하다 : 오래 흘러도 잊히지 않고 눈앞에 매우 맑고 밝게 보이거나 나타나기에 **선하다**라고 해요.

소꿉 : 어른은 살림을 하고, 어린이는 **소꿉**을 해요. **소꿉**은 어른들이 살림하며 쓰는 여러 가지처럼 어린이가 갖고 노는 것이나 하는 놀이예요.

소리 : 부딪히거나 스치거나 건드리거나 닿을 적에 들리는 **소리**예요. 입을 열어서 생각을 들려줄 적에도 **소리**이고, 널리 퍼진 이야기도 **소리**예요.

속삭이다 : 다른 사람이 못 알아듣도록 낮게 말하거나 이야기하기에 **속삭이다**라고 해요.

손가락 : 손끝에서 길고 가늘게 갈라진 곳으로, 굽히거나 접을 수 있고, 무엇을 쥐거나 잡거나 만질 수 있는 **손가락**이에요.

손수 : 다른 사람 손이나 힘을 빌리지 않기에 **손수**예요. 우리 손으로, 스스로 힘을 내어 한다고 할 적에 **손수** 한다고 하지요.

수수하다 : 도드라지지 않지만 뒤떨어지지 않고, 있는 그대로 조용하거나 차분하게 어울리기에 **수수하다**라고 해요.

숨다 : 보이지 않게 있거나 두기에, 겉으로 드러나지 않기에, 아직 깨어나지 않은 재주나 솜씨이기에 **숨다**라고 해요.

숲 : 풀하고 나무가 우거지고 냇물이 흐르고 골짜기가 있으며 온갖 짐승하고 벌레가 어우러져서 푸른 기운하고 바람이 고운 곳이 **숲**이에요.

쉬다 : 몸에 기운이 새로 돌도록 가만히 있어서 **쉬다**예요. 자거나 살짝 머무르거나 어떤 일을 안 하거나 못 할 적에도 **쉬다**라고 해요.

슬기롭다 : 옳고 그른 길을 바르게 살필 줄 알기에 **슬기롭다**고 해요. 무엇이든 훌륭하거나 아름답게 해낼 줄 아는 마음이 있어서 **슬기**가 있어요.

시큰둥하다 : 마음에 안 들어서 그다지 안 하고 싶거나 안 보고 싶을 적에 **시큰둥하다**고 해요.

식다 : 뜨거운 기운이 사라지기에 **식다**라고 해요. 하고 싶은 마음이 사라지거나, 땀이 말라서 더 안 흐를 적에도 **식다**라고 합니다.

신 : 걷거나 땅을 밟거나 디디거나 서면서 발을 돌보려고 꿰는 **신**이에요. 무엇으로 삼거나 어디에 쓰느냐에 따라 짚신·나막신·덧신·긴신이 되지요.

싹독 : 부드럽고 빠르게 바로 베거나 자르는 모습을 '싹둑'이라 하고, 여린말로 '삭독'이라 해요. 소릿결을 살려 **싹독**이나 '썩둑처럼 쓰기도 해요.

쌩쌩 : 바람이 세면서 빠르게 자꾸 불거나 스치는 **쌩쌩**이고, 바람을 일으키거나 일으킬 듯 자꾸 빠르게 움직이는 **쌩쌩**이에요.

쓰다 : 무엇을 하려고 들거나 가지거나 두기에 **쓰다**라고 해요. 생각·마음을 글로 나타내거나, 마음을 기울이거나 몸을 움직일 적에도 **쓰다**예요.

ㅇ

아름답다 : 눈으로 보거나 귀로 듣거나 느끼는 모습이 참 좋으면서 즐겁기에, 훌륭하거나 착해서 마음에 들며 즐거우니 **아름답다**고 해요.

아무 : 따로 어느 사람이나 날이나 곳을 가리키지 않고서 이야기할 적에 **아무**를 써요.

안 : '아니'를 줄인 **안**인데, 안이란 말을 앞에 넣어서 어떤 일이나 몸짓하고는 멀거나, 그렇게 하는 길하고는 다르다는 느낌을 나타내요.

알다 : 겪거나 하거나 배워서 머리·마음에 남아 **알다**예요. 어떠한 줄 느끼거나 생각할 적에, 만난 적 있어서, 할 수 있거나 가까이해서 **알다**이고요.

얕다 : 위에서 밑까지 얼마 없거나 가깝기에 **얕다**고 해요. 생각이나 마음이 모자라거나 떨어질 적에도 **얕다**고 하지요.

어느새 : 알거나 느끼지 못하는 동안을 **어느새**라는 말로 나타내요. '덧'을 붙인 '어느덧'은 비슷한말이지요.

어련하다 : 걱정하지 않아도 꼭 잘하거나 잘되거나 좋으리라고 여기기에 **어련하다**라고 해요.

어린이 : 나이가 어린 사람을 한결 곱게 바라보거나 아끼려고 가리

키는 **어린이**예요. '아이'는 나이가 어리거나 철이 덜 든 사람을 가리키지요.

열다 : 이곳하고 저곳·안하고 바깥이 흐르거나 이어지도록 하며 **열다**예요. 가게나 하루 일을 하거나, 모임을 새로 하거나, 마음이 흐르도록 열어요.

영 : 아무리 힘이나 마음을 써도 안 되거나 힘들다고 할 적에 **영**이라 하고, 이보다 더 할 수 없구나 싶을 적에도 **영**을 써요.

오다 : 저기에 있다가 여기로 있도록 움직이기에 **오다**라고 해요. 마음, 느낌, 비, 눈, 졸음이 이곳에 있도록 움직이는 **오다**이지요.

오래 : 지나는 때가 길거나, 꽤 많은 날이 지난다고 해서 **오래**라고 합니다. 힘주어서 '오래오래'라 하지요.

오르다 : 낮은 데에서 높은 데로 가기에 **오르다**예요. 위쪽으로 움직이거나, 자전거·버스에 몸을 두거나, 어디를 가거나, 위에 두어 **오르다**예요.

온 : 비거나 없도록 하지 않고서 있도록 하기에 **온**이고, 이러면서 고르게 있거나 차도록 하기에 **온**이며, '100'을 기리켜요.

옷 : 몸이 따뜻하게 하거나, 안 다치도록 하려고 지어서 입거나 두르거나 걸치는 **옷**입니다. 겉을 싼 것을 빗대는 자리에도 **옷**을 써요.

왁자지껄하다 : 무척 시끄럽다고 느끼도록 여러 사람이 크게 소리 내어 말을 하거나 이야기를 하기에 **왁자지껄하다**고 해요.

왜 : 어떤 뜻이나 생각인가를 모르기에 물어보려고 쓰는 **왜**라는 말이에요. 누가 불러서 대꾸할 적에도 **왜**를 써요.

이름 : 이떠하다고 느끼거나 생각하기에 소리를 내어 나타낼 수 있도록 붙이는 이름이에요. 널리 알려졌거나 남들이 가리키는 말도 **이름**이에요.

일 : 뜻이 있는 모두를 **일**이라 하고, 움직여서 하는 모두, 몸이나 마음을 써서 새로 짓는, 돈을 벌려고 하는, 어느 한 모습도 **일**이라고 해요.

읽다 : 무엇을 뜻하는지 알 적에 **읽다**라고 해요. 눈으로 글을 읽거나 소리를 내도 **읽다**이고, 마음을 헤아려도 **읽다**라고 합니다.

입다 : 옷을 손발이나 몸에 넣어서 감싸거나 가릴 적에 **입다**라고 해요. 겉모습이 바뀌거나 새로워지는 모습을 **입다**라는 낱말로 빗대기도 해요.

있다 : 삶, 숨결, 마음, 꿈, 일이나 물건이나 하루, 자리나 까닭이나 모습을, 느끼거나 보거나 알기에 **있다**예요. 살고, 하고, 가지는 **있다**랍니다.

ㅈ

자국 : 다른 것이 닿거나 묻어서 생기는 **자국**이에요. 다쳤다가 나으며 사라지는 **자국**이고, 한 발을 떼는 걸음도 **자국**입니다.

자다 : 눈을 감고서 쉬기에 **자다**예요. 바람이나 물결이 더는 없거나, 움직이던 것이 더 안 움직이거나, 부푼 것이 눌려서 꺼지기에 **자다**입니다.

자라다 : 몸이 차츰 늘어나거나 길어지기에 **자라다**요. 어리거나 젊은 날을 보내며 어른이 되거나, 풀과 나무가 어디에서 살기에 **자라다**예요.

작다 : 길이, 넓이, 부피가 어느 만큼 안 되어 **작다**예요. 어느 만큼 안 되거나 모자라거나 좁거나 소리가 낮거나 돈이 얼마 안 되어도 **작다**입니다.

작작 : 좀 지나치구나 싶으니까 이렇게 지나치지 않고 알맞게 하라는 뜻으로 **작작**이라고 말해요.

잔뜩 : 넘칠까 싶도록 많다고 해서 **잔뜩**이에요. 힘이 되는 데까지, 참으로 많이, 마음을 굳게 먹도록 하는 느낌도 **잔뜩**으로 나타내요.

잡다 : 손가락을 구부려 손아귀에 있도록 하는 **잡다**예요. 다른 곳으로 못 가게 하고, 산 채로 벌레나 고기를 손에 넣고, 날을 고르는 **잡다**이고요.

장난감 : 장난을 할 적에 손에 쥐는 **장난감**이에요. 놀이를 할 적에는 '놀잇감'을 손에 쥐지요. 재미로 삼아 가지는 '노리개'도 있어요.

젊다 : 기운이 아주 좋거나 넘치거나 싱그러울 적에 **젊다**고 해요. 어른 사이에서 나이를 서로 맞대어 어린 쪽을 **젊다**고도 해요.

접다 : 어느 한쪽이 다른 한쪽으로 닿도록 하는 **접다**예요. 어느 것을 편 뒤에 예전 모습이 되도록, 겹을 이루게, 다음에 하기로 해서 **접다**이지요.

제대로 : 넘치거나 모자라지 않고 어느 틀이나 길에 따르기에 **제대로**라고 해요. 알맞도록, 넉넉하도록, 생각하는 대로를 **제대로**로 나타내기도 해요.

조잘조잘 : 작은 새가 쉬지 않고 노래하는 모습을 **조잘조잘**이라 하고, 살짝 낮은 목소리로 쉬지 않고 제법 빠르게 말을 하기에 **조잘조잘**이에요.

좋다 : 아쉽지 않도록 마음에 들어 **좋다**입니다. 마음이나 느낌이 시원하도록 넉넉하고, 부드럽거나 곱고, 어울리는구나 싶고, 먹을 만해서 **좋다**예요.

주다 : 내가 보내거나 건네기에 너한테 있도록 하는 **주다**예요. 무엇을 할 틈도, 어떤 노릇도, 느낌도, 실도, 실마리도, 힘도, 마음도 주어요.

줄줄이 : 줄로 잇듯이 있기에 **줄줄이**예요. 여러 줄로 있거나, 줄마다 다 있어서 **줄줄이**라고도 해요.

즐겁다 : 무엇을 하면서 몸이며 마음이 가벼우면서 밝기에 **즐겁다**라고 해요. 바라던 대로 이루거나 되면서 마음이 탁 트여 가벼우면 '기쁘다'예요.

지겹다 : 오랫동안 똑같구나 싶도록 이어져서 이제는 마음에 안 들거나 안 하고 싶기에 **지겹다**라고 해요.

지레 : 아직 있거나 일어나지 않은 일을 두고서 걱정을 하거나 잘 알지 못하면서 함부로 생각할 적에 **지레**라고 해요.

지피다 : 따뜻하게 하거나 태우거나 먹을거리를 하려고 불을 붙일 적에 **지피다**라고 해요. 꿈이 밝게 일어나는 일을 빗댈 적에도 써요.

짐 : 들어서 가져가거나 옮기거나 나르기에 **짐**이라고 해요. 맡아서 할 일이나, 번거롭거나 손에 가는 일도 **짐**이라고 해요.

집 : 안에서 먹고 자고 살려고 지어서 **집**이에요. 함께 지내는 식구, 짐승이나 벌레가 사는 곳, 물건을 사고파는 곳, 물건을 담는 곳도 가리켜요.

짓 : 손을 움직여 '손짓', 턱을 움직여 '턱짓'이듯, 몸을 움직이는 모습을 **짓**이라고 해요. "예쁜 **짓**"이나 '바보**짓**'처럼 어떻게 구는 모습도 나타내요.

짓다 : 새롭게 나타나도록 하고, 이름을 처음으로 붙이고, 집·옷· 밥을 마련하고, 흙을 가꾸어 먹을거리 얻고, 이야기를 새로 내놓는 **짓다**예요.

찌푸리다 : 이마에 줄이 가거나 눈살이 지게 할 만큼 마음이 안 좋다는 **찌푸리다**예요. 날씨가 어둡거나 흐려서 안 좋을 적에도 써요.

ㅊ

차다 1 (움직씨) : 움직임을 나타내는 **차다**는 더 못 들어올 만큼인, 가득 있는, 발로 세게 맞춰 보내는, 몸 한 곳에 붙이거나 두는 몸짓이에요.

차다 2 (그림씨) : 느낌을 그리는 **차다**는 온도가 낮은 날씨, 살갗에 닿거나 바람이 흐르는 온도가 낮을 때, 사랑스런 마음이 없을 때를 나타내요.

찰랑찰랑 : 물결이 작고 가볍게 자꾸 흔들리는 소리·모습이 **찰랑찰랑**이에요. 물이 가볍게 넘칠 듯한, 가볍고 부드러이 흔들리는 모습이기도 해요.

참 : 있는 그대로이기에, 안 맞거나 아니라고 할 수 없을 적에 **참**이라 해요. 있는 그대로가 아니거나 안 맞거나 아니라면 '거짓'이겠지요.

찾다 : 있는지 보려고 하기에 **찾다**예요. 몰라서 알고 싶기에, 나한 테 없거나 남한테 빌려준 것을 받을 때, 누구나 무엇을 보려 할 때

찾다예요.

책 : 살면서 배우거나 보거나 느끼거나 생각한 이야기를 글·그림·사진으로 엮어서 묶은 꾸러미가 **책**이에요. 종이**책**도 있지만, 마음**책**도 있답니다.

척척 : 시원스럽게 잘 하는구나 싶어 **척척**이에요. 가지런히 잘 되는 일이나, 아주 어울리는 모습도 **척척**이라고 해요.

철렁하다 : 물결이 크게 치면서 흔들릴 적에 **철렁하다**고 하지요. 어떤 일에 크게 놀라서 가슴이 내려앉듯 하다고 할 적에도 **철렁하다**고 하고요.

철철 : 물이 흘러서 넘치는 모습이 **철철**이고, 마음이나 느낌이 가득하다고 할 적에, 눈물이나 땀이나 피가 많이 흐를 적에도 **철철**이에요.

촐싹 : 이리저리 가볍게 굴거나 움직일 적에 **촐싹**이라고 해요. 가만히 안 있고 남을 건드리거나 부추기거나 움직이게 할 적에도 **촐싹**이지요.

출출하다 : 배가 살짝 비어서 무엇을 먹고 싶어서 **출출하다**고 해요. 배 속이 비어서 무엇을 먹고 싶으면 '고프다·배고프다'이고요.

춤 : 가락, 장단, 노래, 흐름, 바람에 맞추어 몸이나 팔다리나 손발이나 얼굴을 움직일 적에 **춤**이에요. 저절로, 신나게 움직일 적에도 **춤**이고요.

치다 : 손이나 연장을 써서 세게 닿도록 하는 **치다**예요. 세게 닿아 소리가 나도록, 손에 든 것으로 세게 닿도록 하면서 놀기에 **치다**이지요.

치우다 : 처음 있던 데에서 다른 데에 있도록 하는 **치우다**예요. 어디에 어지러운 것이 없도록, 하다가 더는 안 하는, 먹어서 없애는 **치우다**예요.

칠칠하다 : 풀이나 털이 잘 자라서 알차고 긴 **칠칠하다**이고, 몸짓·말짓이 단단하고 바른, 차림새가 허술하지 않고 깨끗한 **칠칠하다**입니다.

ㅋ

카랑하다 : 목소리가 쇳소리처럼 높으면서 맑을 적에 **카랑하다**라고합니다. 하늘이 맑으면서 차다고 할 적에도 **카랑하다**이고요.

칸 : 빙 둘러막아서 **칸**입니다. 글이나 글씨를 써넣는 **칸**이고요. 빙둘러막은 데를 "한 **칸**"이나 "석 **칸**"처럼 세기도 해요.

칼칼하다 : 목이 말라서 무언가 마시고 싶은 **칼칼하다**예요. 목이 살짝 쓰라려 거칠구나 싶은, 목을 살짝 쏘는 듯한 맛인 **칼칼하다**이고요.

캄캄하다 : 아주 까맣기에, 새까맣기에 아무것도 안 보이는 **캄캄하다**요. 빛이 없다는 느낌이에요. '깜깜하다'는 여린말, '컴컴하다'는 센말이에요.

캐다 : 묻힌 것을 연장을 써서 꺼내기에 **캐다**예요. 모르거나 감춰지거나 안 드러난 이야기를 밝힐 적에도 **캐다**이고요.

켜다 : 초에 불이 붙고 전등에 불이 들어오게 하는 **켜다**요, 몸을 쭉뻗는 **켜다**이고, 줄 있는 악기를 다루는 **켜다**에, 물을 잔뜩 마시는 **켜다**예요.

켜켜이 : 여러 '켜'가 있도록 하는 **켜켜이**인데, 한 곳에 고스란히 올리고 또 올리는 여럿 가운데 하나를 '켜'라 해요. '오랫동안 쌓은'도 나타내요.

켤레 : 짝이 되는 둘을 하나로 보면서 셀 적에 **켤레**라고 해요. "양말 한 **켤레**"나 "신 두 **켤레**"나 "장갑 세 **켤레**"처럼 써요.

코 : 숨을 쉬고 냄새를 맡는 **코**인데, 콧물이나, 버선이나 신에서 앞에 조금 높게 나온 데도 가리켜요. 뜨개질이나 그물에서 매듭 하나도 가리켜요.

콕콕 : 끝으로 가볍게 찌르거나 찔려서 아파 **콕콕**, 마음을 자꾸 건드리거나 마음에 깊이 남는 **콕콕**, 어느 곳을 잘 알도록 짚는 **콕콕**이에요.

콜콜 : 아주 힘든 몸으로 깊이 잠들며 내는 소리인 **콜콜**이고, 물이 가늘고 세게 흐르는 소리에, 살짝 썩은 듯한 냄새인 **콜콜**이에요. '쿨쿨'은 큰말.

콩 : 한해살이풀이면서 작고 동글동글한 열매를 맺는 **콩**인데, 콩이나 콩알을 "매우 작은" 것이나 "작고 동글한" 것이나 "작고 귀여운" 것에 빗대요.

콩닥콩닥 : 몹시 놀라거나 설레서 가슴이 조금씩 자꾸 뛰는 **콩닥콩닥**이에요. 절구나 방아를 찧으며 가볍게 자꾸 나는 소리이고, '쿵덕쿵덕'은 큰말.

크디크다 : 매우 크니까 **크디크다**인데, '크다'는 여느 것이나 다른 것보다 더 되거나 있거나 넘거나 남거나 넉넉하거나 높거나 깊은 모습이에요.

키 : 반듯하게 설 적에 발바닥부터 머리끝까지 길이를 살피며 **키**라고 해요. 사람뿐 아니라 물건을 세운 높이를 따질 적에도 써요.

키우다 : "크게 한다"는 **키우다**는, 잘 지내도록 하는, 더 깊게 하는, 어떤 솜씨가 있도록 익히는, 마음·꿈이 있도록 하는, 가르치는 자리에 써요.

ㅌ

타다 : 어디로 움직이는 것에 몸이 있도록 하는 **타다**요. 틈을 쓰거나, 바람·물결에 실리거나, 미끄러지듯 달리거나, 놀거리를 즐기는 **타다**예요.

탈 : 얼굴을 덮어서 안 보이게 하거나 다르게 보이는 **탈**이에요. 마음을 속에다 감추고 겉으로는 거짓스러운 다른 모습이나 얼굴일 적에도 써요.

탐탁하다 : 마음에 들어서 아쉽지 않거나 넉넉하다고 느끼는 **탐탁하다**예요. 바라던 대로 마음에 드는 느낌이지요.

터 : 집을 지으려고 하거나 집을 지은 땅을 따로 **터**라고 해요. 집이 있던 자리도, 무슨 일이나 놀이를 할 바탕도 **터**라고 합니다.

털다 : 더 안 붙도록 흔들거나 치는 **털다**요, 우리한테 있는 모두를 내놓거나, 남한테 있는 모두 훔치거나, 마음에 안 남도록 하는 **털다**예요.

텁수룩하다 : 털이 많이 나거나 자랐는데 좀 어지럽게 있는 모습을 **텁수룩하다**고 해요. 여린말은 '덥수룩하다'이고, 작은말은 '탑소록하다'예요.

텅 : 꽤 크거나 넓거나 깊은 곳에 아무것도 없는 모습을 **텅**으로 나타내요. 묵직한 것이 세게 부딪히거나 떨어지면서 나는 소리도 **텅**이라 해요.

톡톡하다 : 천을 고르고 단단하고 알맞고 두껍게 짜는, 일을 제대로 하는, 국물이 알맞게 줄어 짙은, 보람이 넉넉한, 크게 다그치는 **톡톡하다**예요.

통틀어 : 있는 대로 더하거나 한데 묶기에 **통틀어**라고 해요. '통틀다'라는 움직씨예요.

퉤 : 침을 뱉을 적에 내는 소리인 **퉤**예요. 사전을 보면 '퉤'만 나오는데, 사람마다 입을 다르게 오므려서 뱉으니 '퇴'도 '툇'도 '퉷'도 '뷋'도 돼요.

툭하면 : 작은 일이라도 있으면 늘 바로 무엇을 한다는 **툭하면**이에요. 어떤 모습이나 몸짓을 버릇처럼 보일 적에도 **툭하면**이라 해요.

트다 : 막은 것을 없도록 하는 **트다**요, 서로 오가거나 이어지거나 만나는, 말씨를 가볍게 하는, 세로로 길게 가르는, 자리를 마련하는 **트다**랍니다.

튼튼하다 : 걱정할 일 없이 기운이 있고, 잘 안 부서지거나 안 다치는, 힘있거나 알찬, 마음·생각이 곧거나 바른, 잘 흔들리지 않는 **튼튼하다**예요.

틈 : 막히지 않아 드나들 수 있는 **틈**이에요. 이 일·놀이를 하다가 다른 일·놀이·생각을 할 만한 짧은 때, 함께 어울리는 자리도 **틈**입니다.

ㅍ

파다 : 속에 있는 것을 깎거나 뚫거나 헤치고 걷어내어 동그스름하고 깊이 되도록 하는 **파다**요, 구멍을 내어 그림·글씨를 넣는 **파다**예요.

파랗다 : 맑은 하늘이나 깊은 바다 빛깔과 같아서 **파랗다**입니다. 아주 젊은, 춥거나 무서워서 얼굴이나 입술에 핏기가 없는 **파랗다**이고요.

파르르 : 가볍게 꽤 떠는, 몹시 성이 나는, 얇은 종이나 마른 잎에 불이 가볍고 크게 붙는, 날개를 가볍게 떠는 '파르르'요, 힘주어 **파르르르**예요.

판 : 일이 있거나 벌어져서 모이거나 어우러지거나 즐기거나 하는 **판**이며, 어떻게 되거나 흐르는 모습도 가리키고, "가위바위보 세 **판**"처럼 써요.

팔팔하다 : 날아다닐 듯이 기운이 넘치는 **팔팔하다**이고, 서두르면서 거칠고 세구나 싶을 적에도 **팔팔하다**예요.

포동 : 보기 좋으면서 보드랍게 살이 찐 모습을 **포동포동**이라고 해요. 어린말로 '보동보동', 큰말로 '푸둥푸둥', 센말로 '피둥피둥'이 있어요.

폭신하다 : 닿을 적에 살짝 부드럽고 따스하면서 가볍게 팽팽하기에 **폭신하다**라고 해요. 큰말로 '푹신하다'라 해요.

푸다 : 속에 있는 것을 밖으로 나오게 하는 **푸다**예요. 어느 한 가지를 지나치게 먹거나 마실 적에도 **푸다**를 써요.

푸성귀 : 사람이 가꾼 '남새'하고 들이나 숲에서 난 '나물'을 아울

러서 **푸성귀**라고 해요.

푸지다 : 매우 많아서 넉넉하기에 **푸지다**요. 몸집이나 생김새가 보기에 좋게 넉넉해서 **푸지다**입니다.

풀다 : 묶거나 감거나 싼 것을 처음대로 하는 **풀다**요. 생각을 말하고, 마음을 부드럽게, 모르던 일을 알고, 나오게 하고, 고루 섞는 **풀다**예요.

풀썩 : 갑자기 힘이 없이 주저앉거나 내려앉는 **풀썩**이에요. 먼지가 한동안 확 일어나는 모습도 **풀썩**이고요.

피 : 몸에서 흐르며 기운을 실어나르는 물인 **피**예요. 한집안이나 한겨레를 나타내고, 몸바치거나 애쓴 일, 젊은 기운이나 성나는 기운도 가리켜요.

피다 : 접힌 꽃이나 잎이 활짝 있는 **피다**요. 살이 오르고, 불·먼지가 일어나고, 구름이 커지고, 느낌이 겉으로 나타나고, 살림이 좋아지는 **피다**예요.

핑 : '빙'보다 센 **핑**은 눈물이 갑자기 나는, 마음이 갑자기 어지러운, 한 바퀴를 매우 빨리 도는 모습을 나타내요.

ㅎ

하다 : 어떻게 움직일 적에 **하다**랍니다. 옷·밥·집을 마련하고, 몸에 두르고, 악기를 켤 줄 알고, 얼굴빛을 나타내고, 이름을 붙이는 **하다**예요.

하루 : 지구가 해를 한 바퀴 도는, 그래서 한 낮하고 한 밤이 지나는 때인 **하루**예요. 해가 뜬 동안, 지나간 어느 때, 그냥 어느 때도

하루이고요.

한글 : 한국에서 쓰는 글이나 글씨에 붙인 이름인 **한글**이에요. '한' 을 붙여 '한겨레'나 '한나라'라 하듯, 글이나 말도 '한'을 이름으로 삼아요.

한낱 : 일부러 힘을 들이거나 애썼어도 하나·한 가지일 뿐이라는 뜻으로 쓰는 **한낱**이에요.

해 : 지구를 따사롭게 비추는 커다랗고 둥근 별이 **해**예요. 이런 해 에서 나오는 빛과 볕도 **해**요. 한 해나 하루를, 환하고 따스한 사람 도 가리켜요.

해밝다 : 하얗고 밝아 **해밝다**예요. 하얗고 맑으면 '해맑다'이지요. 하얗고 밝은 기운이 가득해 좋거나, 마음이 이와 같아 **해밝다**이기 도 해요.

헌 : 오래 썼거나, 오랜 나날이 흘러서 **헌**인데, 한 벌 쓰거나 다른 사람 손을 거칠 적에도 **헌**이에요.

헤아리다 : 얼마쯤 되거나 어떻게 되는가를 알려고 하는 **헤아리다**예 요. 가만히 마주하거나 알려 하면서 어떻다고 느끼는 **헤아리다**이고 요.

화끈 : 부끄럽거나 성나서 빠르고 세게 달아오르는, 뜨거운 기운이 빠르고 세게 일어나는, 설렘이나 두근거림이 빠르고 크게 생기는 **화끈**이에요.

확 : 빠르고 세게 일어나는, 바람·냄새·맛·기운· 느낌이 그 자리 에서 빠르고 세게 나타나는, 빠르며 시원히 풀리거나 뚫리거나 열 리는 **확**이에요.

후련하다 : 막혀서 답답하던 속이 뚫리거나 내려가서 말끔하고 좋은 **후련하다**예요. 다 풀리거나 사라져서 반갑거나 기쁜 **후련하다**이고요.

후미지다 : 굽어서 들어간 곳이 매우 깊은 **후미지다**예요. 아주 한쪽으로 치우쳐 다른 데에서 거의 안 보이면서 먼 **후미지다**이고요.

훌륭하다 : 무척 좋아서 나무랄 곳이 없는 **훌륭하다**예요. 아주 잘 짓거나, 마음에 들도록 매우 아름답거나, 쓰임새가 아주 좋아서 **훌륭하다**이고요.

훨훨 : 날개를 크고 천천히 시원스레 펴는 **훨훨**은, 크고 세게 타는 불길, 가벼운 몸짓, 옷을 시원스레 벗는, 바람을 천천히 일으키는 몸짓이에요.

휘 : 둘레를 한 바퀴 보는 **휘**예요. 길게 숨을 쉬며 내는 소리, 바람이 세게 스치며 내는 소리, 휘파람을 부는 소리도 **휘**랍니다.

흐드러지다 : 꽃이 넉넉하고 보기 좋게 필 적에 **흐드러지다**라 해요. 꽃이 한창때이지요. 즐거우면서 넉넉할 적에도 **흐드러지다**예요.

흐르다 : 이쪽에서 저쪽으로 꾸준히 가거나 오거나 움직이기에 **흐르다**예요. 오가기도, 한쪽으로 가기도, 넘치기도, 지나기도, 드러나기도 해요.

흔들다 : 이리저리 오가게 하는 **흔들다**예요. 큰 소리나 힘으로 울리게 하거나, 조용하던 곳을 시끄럽게 하거나, 마음을 움직이는 **흔들다**이지요.

흙 : 목숨을 살리는 싱그러운 알갱이가 **흙**이에요. 숲이나 바다에서 바닥을 이루면서 모든 숨결이 살아나도록 하는 바탕인 알갱이랍

니다.

힘 : 몸이나 다른 것을 움직이게 하는 바탕인 **힘**이에요. 도움이 되거나, 무엇을 하는 바탕이거나, 올바로 알거나, 무엇이 퍼지는 보람도 **힘**이고요.

닫는 시

그림 : 어떤 모습을 눈으로 보도록 나타내는, 마음·뜻·모습·이야기·삶 들을 머리로 알아보도록 나타내는, 보기 좋은 모습을, **그림**이라고 합니다.

뜻풀이를 붙일 적에 곁에 둔 책하고 사전

《새로 쓰는 비슷한말 꾸러미 사전》(철수와영희, 2016)

《말 잘하고 글 잘 쓰게 돕는 읽는 우리말 사전 1》(자연과생태, 2017)

《푸르넷 초등 국어사전》(금성출판사, 2001)

《고려대한국어대사전》(고려대학교민족문화연구원, 2009)

《조선말 대사전(증보판)》(사회과학출판사, 2006)

《조선말 대사전》(사회과학출판사, 1992)

《숲에서 살려낸 우리말》(철수와영희, 2014)

《마을에서 살려낸 우리말》(철수와영희, 2017)

《우리말은 서럽다》(나라말, 2009))

《뉘앙스풀이를 겸한 우리말 사전》(아카데미하우스, 1993)

《뉴에이스 국어사전》(금성출판사, 2003)

《국어문법》(뿌리깊은 나무, 1994)

《큰사전》(한글학회, 1957)

《조선어사전》(조선어사전간행회, 1938)

264 낱말 네 갈래로 살펴보기

움직씨(동사)

ㄱ 가다 간질이다 걸치다 그리다 기다리다 기르다

ㄴ 나르다 날다 놀다 눕다

ㄷ 닦다 닫다 달리다 돌다 두다 듣다 띄우다

ㄹ 라 리 1

ㅁ 마시다 말하다 맡다 머무르다 먹다

ㅂ 바라다 받다 보다 부르다 불다 빨다

ㅅ 사다 살다 속삭이다 숨다 쉬다 쓰다

ㅇ 알다 열다 오다 오르다 읽다 입다

ㅈ 자다 자라다 주다 잡다 접다 지피다 짓다

ㅊ 차다 1 찾다 치다 치우다

ㅋ 캐다 켜다 키우다

ㅌ 타다 털다 트다

ㅍ 파다 푸다 풀다 피다

ㅎ 하다 헤아리다 흐르다 흔들다

그림씨(형용사)

ㄱ   가깝다 거북하다 구슬프다 길쭉하다

ㄴ   나긋하다 날래다 남다 냅다 느리다

ㄷ   다르다 달다 대수롭다 따스하다 똑똑하다

ㄹ   랍다 렇다 롭다

ㅁ   맑다 맵다 멀다 묵다 밉다

ㅂ   반갑다 부드럽다 비다 뿌옇다

ㅅ   상냥하다 선하다 수수하다 슬기롭다 시큰둥하다 식다

ㅇ   아름답다 얕다 어련하다 와자지껄하다 있다

ㅈ   작다 젊다 좋다 즐겁다 지겹다 찌푸리다

ㅊ   차다 2 철렁하다 출출하다 칠칠하다

ㅋ   카랑하다 칼칼하다 캄캄하다 크디크다

ㅌ   탐탁하다 텁수룩하다 톡톡하다 튼튼하다

ㅍ   파랗다 팔팔하다 폭신하다 푸지다

ㅎ   해밝다 후련하다 후미지다 훌륭하다 흐드러지다

어찌씨(부사)

ㄱ   가만히 가장 거의 꼭 끈적

ㄴ   나풀 냉큼 너무 넘실 늘

ㄷ   다시 더 더러 둘둘

ㄹ   래도 래서 러나 리고

ㅁ   막상 못 몽땅 물씬

ㅂ   바리바리 반짝 벌렁 불쑥 빙글

ㅅ   산들 새로 선뜻 손수 싹독 쌩쌩

ㅇ   안 어느새 영 오래 온 왜

ㅈ   작작 잔뜩 제대로 조잘조잘 줄줄이 지레

ㅊ   찰랑찰랑 척척 철철 촐싹

ㅋ   켜켜이 콕콕 콜콜 콩닥콩닥

ㅌ   텅 통틀어 돼 툭하면
ㅍ   파르르르 포동 풀썩 핑
ㅎ   한낱 헌 화끈 확 훨훨 휘

이름씨(명사)

ㄱ   걸음 결 고요 골 곳 꿈
ㄴ   나 나무 녘 눈 눈물
ㄷ   대로 돌 두레 땅 뜰
ㄹ   름 리 2
ㅁ   마을 마음 말 물
ㅂ   바늘 바심 발 밤 벗 별
ㅅ   사람 사랑 살 소꿉 소리 손가락 숲 신
ㅇ   아무 어린이 옷 이름 일
ㅈ   자국 장난감 짐 집 짓
ㅊ   참 책 춤
ㅋ   칸 켤레 코 콩 키
ㅌ   탈 터 틈
ㅍ   판 푸성귀 피
ㅎ   하루 한글 해 흙 힘

우리말 동시 사전

초판 1쇄 발행 | 2019년 1월 15일
초판 3쇄 발행 | 2021년 1월 11일

지은이	최종규
그림	사름벼리
펴낸이	이정하
디자인	정제소

펴낸곳	스토리닷
주소	서울시 서초구 방배동 934-3 203호
전화	010-8936-6618
팩스	0505-116-6618
ISBN	979-11-88613-07-6 (03810)

홈페이지	blog.naver.com/storydot
SNS	www.facebook.com/storydot12
전자우편	storydot@naver.com
출판등록	2013. 09. 12 제2013-000162

이 도서의 국립중앙도서관 출판예정도서목록(CIP)은 서지정보유통지원시스템 홈페이지(http://
seoji.nl.go.kr)와 국가자료공동목록시스템(nl.go.kr/kolisnet)에서 이용하실 수 있습니다.
CIP제어번호: CIP2018042572

스토리닷은 독자 여러분과 함께합니다.
책에 대한 의견이나 출간에 관심 있으신 분은 언제라도 연락주세요. 반갑게 맞이하겠습니다.